WannaB



# WannaBe & Bobby

## ... und die geheimnisvolle Karte

Band 1

BRAINBOOK

BRAINBOOK

# Impressum

BrainBook UG (haftungsbeschränkt)
Am Sportfeld 8
65399 Kiedrich

**ISBN:**
Taschenbuch: 978-3-96890-205-0
E-Book: 978-3-96890-206-7



**Druck:** Print Best
**Mitbearbeiterin:** Sophie Neumärker
**Lektorat:** Tina Bayer, Ann-Kristin Brümmer, Priya Kurzmanowski

**Die Zufriedenheit unserer Leserinnen und Leser hat für uns oberste Priorität.**

Sollten Sie Fragen oder Anmerkungen haben, können Sie uns jederzeit unter kontakt@brainbook-verlag.de erreichen. Wir freuen uns auf Ihre Rückmeldung.

brainbook_verlag
www.brainbook-verlag.de
kontakt@brainbook-verlag.de

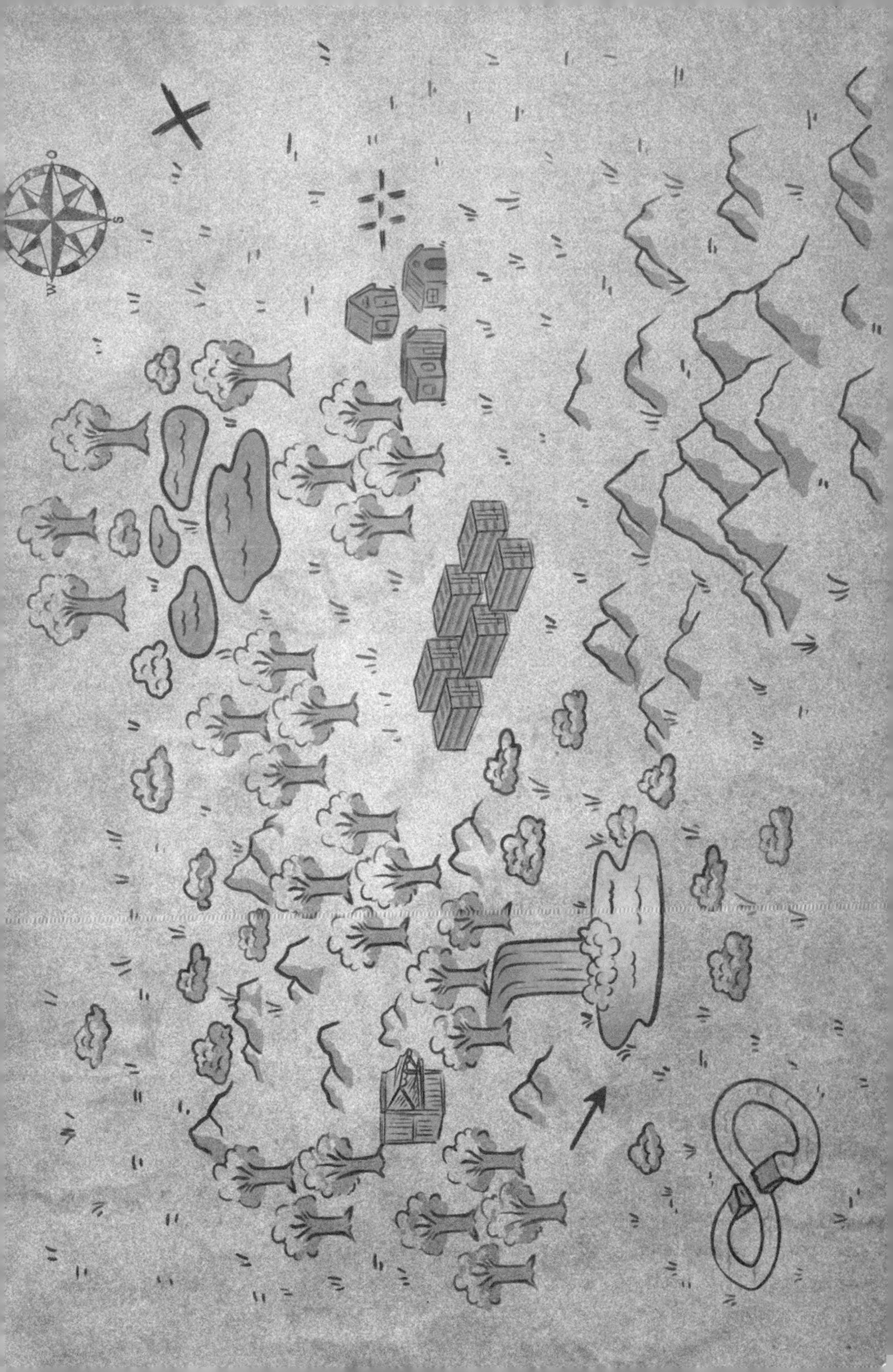

# Inhaltsverzeichnis

# Kapitel 1

»Ich falle! ICH FALLE!!!« Und bumm. WannaBe landet unsanft auf dem Boden, alle viere von sich gestreckt. »Was um alles in der Welt ...?« Er schaut nach unten und kann es kaum fassen: »Warum stecke ich auf einmal in meinem Fortnite-Skin?« Doch bevor WannaBe realisieren kann, was gerade passiert, geschweige denn sich aufrappeln, spürt er ein warmes, feuchtes Etwas in seinem Gesicht. »Iiiihhhhh!« Plötzlich öffnet er seine Augen. »Ach, Bobby, muss das immer sein?«

WannaBe liegt im Bett und Dackel Bobby ist, wie jeden Morgen, mit hineingesprungen, um seinen besten Menschenfreund zu wecken. Fröhlich schleckt der Hund ihm über die Wangen. Als WannaBe realisiert, dass er sich zu Hause in seinem Zimmer befindet und alles wieder normal ist, atmet er erleichtert auf.

»Ich war noch nie so froh, dass du mich geweckt hast, Bobby. Ich hatte einen echt komischen Traum. Ich dachte schon, ich wäre für immer in der Online-Welt gefangen und müsste

24/7 in Alarmbereitschaft sein, weil mir jemand an die Gurgel will!«, sagt er und zieht seinen Vierbeiner in die Arme.

Da hat WannaBe die Rechnung aber ohne Bobby gemacht. Dieser windet sich aus der Umarmung des Jungen und springt vom Bett. Er läuft zur Tür, setzt sich erwartungsvoll davor und schaut WannaBe mit großen Augen an.

»Ja, du hast ja recht. Es ist schon längst Frühstückszeit für dich, du vierbeiniger Vielfraß.« WannaBe muss schmunzeln.

Gesagt, getan. Er rappelt sich auf, fährt sich kurz durch die Haare und schlendert die Treppe hinunter – Bobby dicht auf den Fersen. In der Küche erwartet ihn schon seine Mutter.

»Na, da ist mein kleiner Liebling ja endlich!«, sagt sie und drückt ihrem Sohn einen Schmatzer auf die Wange.

Er seufzt genervt. »Mama, muss das wirklich jeden Morgen sein? Bin ich nicht langsam zu alt dafür?«

»Du wirst immer mein kleiner Goldschatz sein, egal wie alt du bist«, entgegnet sie grinsend.

WannaBes Mama Andrea ist eine liebende Mutter, wie sie im Buche steht. Ihr ist klar, dass WannaBe zu einem selbstständigen und blitzgescheiten Jugendlichen herangewachsen ist, der sich in jeder Situation zu helfen weiß. Und trotzdem macht sie sich jeden Tag Sorgen, wenn er aus dem Haus geht – so, wie jede Mutter.

»Und, was hast du heute Schönes vor?«, fragt Andrea neugierig, während sie WannaBe ein paar Rühreier, frisches Brot und ein Schälchen Obst vor die Nase stellt. Bobby bekommt auch endlich seinen Frühstücksnapf.

»So dies und das.«

»Und kannst du mir das jetzt von Teenager- in Elternsprache übersetzen?«

»Ach, Mama …«, murmelt WannaBe schmunzelnd. »Erst mal gehe ich auf eine Runde mit Bobby und dann pflanze ich mich vor den PC.«

»Das habe ich mir fast schon gedacht … Willst du nichts mit deinen Freunden machen?«

»Aber das mache ich doch! Online!«

»Ihr Kinder und eure Online-Spiele … Triff dich doch mal wieder mit dem netten Jungen von nebenan! Wie hieß er noch? Julian?«

»Mama, Julian ist doch das genaue Gegenteil von mir. Warum willst du denn unbedingt, dass ich mich mit ihm anfreunde? Er verbringt seine Freizeit eh lieber mit seinen Büchern und geht Insekten beobachten oder was weiß ich.«

»Ihr zwei könntet viel voneinander lernen, eben weil ihr so unterschiedlich seid. Hör mal, WannaBe. Ich lade Julian und seine Eltern heute zum Grillen ein. Es soll so ein schöner, warmer Tag werden und es sind ohnehin Ferien. Was sagst du dazu?«

Der YouTuber wird hellhörig. »Hast du gerade gesagt, wir grillen? Das ist echt fies. Du weißt, dass ich dazu nicht Nein sagen kann!«

Andrea grinst. »Na klar. Also?«

»Ja, wenn es sein muss … Aber nur, wenn es Burger vom Grill gibt!«

»Abgemacht! So und jetzt raus mit dir. Bobby wird schon ganz nervös.«

»Bobby, hierher!«, ruft WannaBe und die Fellnase kommt

glücklich wackelnd angerannt. Beide verschwinden aus der Tür und zum ersten Mal an diesem Tag landen Sonnenstrahlen auf WannaBes Gesicht. Es ist ein Sommertag, wie er im Bilderbuch steht.

Eine sanfte Brise weht durch den kleinen Stadtpark und die Blätter der Bäume rauschen leise, als würden sie Geschichten erzählen. Durch das Laub hindurch blitzt das Sonnenlicht und die entstehenden Schatten zeichnen kleine Kunstwerke auf den Boden. Vögel zwitschern wild durcheinander und berichten sich, was sie am frühen Morgen schon alles erlebt haben. Auch Dackel Bobby lauscht aufmerksam, was in seinem Lieblingspark so vor sich geht.

Doch plötzlich hat etwas ganz anderes seine Aufmerksamkeit geweckt. Getreu seinem Ruf als Spürnase hat Bobby eine Fährte aufgenommen und rast auf einmal los, als hätte ihn eine Biene in den Po gestochen.

»Bobby, mach mal langsam! Was ist denn los?«, ruft WannaBe, der kaum hinterherkommt. Sein Fellfreund zieht und zerrt an der langen Schleppleine, bis er ganz abrupt stehen bleibt. Er schnüffelt aufgeregt, während er wie wild mit dem Schwanz hin und her wackelt. Dann beginnt er, zu bellen.

»Was ist denn jetzt kaputt?« Endlich hat der YouTuber Bobby wieder eingeholt. »Huch, was hast du denn hier gefunden?« Der Dackel rennt im Kreis um eine offenbar vor Kurzem aufgegrabene und wieder zugeschüttete Stelle herum. Er schaut sein Herrchen erwartungsvoll an und setzt seinen niedlichsten Dackelblick auf, von dem er genau weiß: Der zieht immer.

»Du willst buddeln, oder?«, fragt WannaBe. Bobby macht

einen freudigen Sprung in die Luft und fängt an zu hecheln. »Na gut, dann los. Ich will auch wissen, was da vergraben ist!«

Als hätte der Dackel jedes Wort verstanden, wühlt er los, was das Zeug hält. Das Loch wird tiefer und tiefer, bis der kleine Hund fast komplett kopfüber im Boden verschwunden ist. Gerade als WannaBe nach ihm greifen möchte, krabbelt sein Freund schon wieder nach oben. Er hat tatsächlich etwas im Maul.

»Was ist das denn?«

Bobby lässt eine Papierrolle vor seinen fünfzehnjährigen Besitzer fallen und blickt ihn stolz an.

»Super, Bobby, toll gemacht! Komm her!«, ruft der Junge und schiebt seinem Hund ein Leckerli ins Maul. Während dieser fröhlich kaut, betrachtet WannaBe die Rolle genauer. Sie ist mit einer Kordel zusammengebunden, die der YouTuber abzieht. Er rollt das Papier auf und kann seinen Augen kaum trauen.

»Bobby! Hast du hier gerade eine Schatzkarte gefunden?« Sein Hund schaut ihn mit großen Augen und schräg gelegtem Kopf an. »Hier, guck! Sieht sogar ziemlich alt aus. Ob die echt sein kann …?«, überlegt WannaBe laut. Bobby hingegen hat sich längst auf die Wiese geworfen, um seinen Bauch in die Sonne zu strecken.

Doch bevor in seinem Gehirn ankommen kann, was er hier gerade in den Händen hält, wird WannaBe vom Läuten einer Fahrradklingel aus seinen Gedanken gerissen. Erschrocken dreht er sich um.

»Hey, WannaBe! Na, heute mal zeitig aus dem Bett gekommen, du Langschläfer?«, ruft ihm ein sportlicher Junge frech zu.

»Sehr witzig, Olli. Kann eben nicht jeder so ein Energiebündel sein wie du. Schläfst du überhaupt irgendwann mal?« Trotz der scheinbar harten Worte lacht der YouTuber. Olli ist sein bester Freund. Die beiden sind seit Jahren unzertrennlich. Um genau zu sein, begann die Freundschaft der beiden, nachdem WannaBe in der siebten Klasse die Schule gewechselt hat. Seine Familie ist umgezogen, weil sein Papa Frank einen neuen Job angenommen hat.

Natürlich kannte WannaBe noch niemanden dort, ihn dafür allerdings fast jeder. Unzählige Schüler hatten bereits seine Gaming-Videos auf YouTube gesehen und die meisten hielten sich von ihm fern. Sie dachten, er wäre eingebildet oder würde sich für etwas Besseres halten, weil er Tausende Abonnenten hat, und wollten deshalb nichts mit ihm zu tun haben.

Olli war der Einzige, der sich nicht von Vorurteilen blenden ließ. Er setzte sich beim Mittagessen einfach neben ihn, reichte ihm die Hand und stellte sich vor: »Hey, ich bin Olli und wollte schon immer einen berühmten Freund haben!«

Diese entwaffnende Offenheit brach das Eis sofort. Die zwei unterhielten sich über die verrücktesten Dinge, als wären sie schon seit Ewigkeiten befreundet, und nun sind sie wie Brüder.

»Wo kommst du denn gerade her?«, fragt WannaBe seinen Freund, der in der Zwischenzeit zu ihm gefahren ist.

»Ach, ich habe nur eine Runde mit dem Rad gedreht, du weißt doch, wie hibbelig ich bin«, lacht Olli.

»Stimmt, niemand hat so viele Hummeln im Hintern wie du.«

»Was hast du denn da eigentlich in der Hand?«

WannaBe schaut verwirrt nach unten. »Ach, stimmt ja! Bobby hat das gerade ausgegraben. Sieht aus wie eine alte Schatzkarte. Ich frage mich, ob die echt ist und was dort versteckt sein könnte.«

»Wie cool ist das denn? Zeig mal her!« Und schon hat Olli WannaBe die Karte aus der Hand gerissen.

»Hey, sei vorsichtig!«

»Jaja, reg dich nicht gleich auf.« Olli ist schon völlig Feuer und Flamme. »Wow, das sieht echt aus, als könntest du recht haben! Die ganzen Symbole, die Linien dazwischen, der gezeichnete Kompass oben in der rechten Ecke … Der Sache müssen wir auf jeden Fall nachgehen!«

»Du weißt aber, dass wir morgen Nachmittag für zwei Wochen zu meiner Tante fahren, oder? Wie sollen wir das denn bitte anstellen?«, fragt WannaBe.

Doch Olli lässt sich nicht so leicht davon abbringen. »Ach, als ob uns da nichts einfallen würde. Wir müssen heute einen Plan schmieden und dann wird er morgen direkt in die Tat umgesetzt! Ich komme später bei dir vorbei, okay?«

»Wir grillen heute Abend mit meinem langweiligen Nachbarn …«

»Ach, mit Julian? Okay und warum genau soll uns das aufhalten?«

»Na, weil Mama möchte, dass ich mich mit ihm anfreunde. Ich glaube, sie versucht, ihn mir als Aufpasser aufzudrücken.«

»Jetzt hab dich doch nicht so. Erstens ist Julian doch eigentlich ganz nett und zweitens kann man nie genug Freunde haben. Ich lade mich jetzt einfach selbst zu eurem Grillabend ein, du hast ja anscheinend deine Manieren vergessen«, sagt Olli lachend. »Dann lerne ich Julian auch mal ein bisschen besser kennen, das wird bestimmt lustig. Und wir verdünnisieren uns dann unauffällig und überlegen uns, was wir mit dem Ding hier anfangen.« Olli deutet auf die Papierrolle.

»Okay, Deal«, lenkt WannaBe ein und die Jungs klatschen sich ab. Bobby, der in der Zwischenzeit in der Sonne eingeschlafen ist, erschrickt und rappelt sich auf.

»Na, Schlafmütze, wieder unter den Lebenden?«, witzelt Olli und krault den kleinen Rauhaardackel hinter den Ohren. »Bis später dann!«, ruft er und radelt davon.

WannaBe und Bobby drehen noch eine kleine Runde durch den Park und machen sich dann ebenfalls auf den Heimweg. Die Karte hat er sicher in seinem Hoodie versteckt.

Kaum treten beide durch die Haustür, hört der YouTuber schon seine Mutter nach ihm rufen: »Kommst du bitte kurz zu mir in die Küche? Ich habe gerade mit Julians Mama telefoniert, die beiden kommen um 18 Uhr vorbei. Dein Papa versucht heute auch, etwas früher von der Arbeit zu kommen, dann kann er schon mal den Grill anwerfen.« Kurz hält sie inne. »Warum guckst du denn wie ein angeschossenes Reh? Ist alles in Ordnung?«

»Ja, nein, alles okay. Bin nur noch nicht ganz wach. Kann ich jetzt nach oben gehen?«

»Ja, geh ruhig.« Andrea nickt und ist schon wieder schwer mit den Vorbereitungen für das spätere Barbecue beschäftigt.

Ihr Sohn stiefelt mit Bobby im Schlepptau nach oben, dreht sich aber noch mal um. »Ach so, Mama? Olli kommt heute Abend auch vorbei, ja?«

»Gut, aber versprich mir, dass ihr Julian nicht außen vor lasst, okay?«

»Klar, versprochen!« Und mit diesen Worten verschwindet WannaBe in seinem Zimmer.

Bobby macht es sich direkt in seinem Körbchen unter dem Fenster bequem. Sein Herrchen setzt sich an den

Schreibtisch, der direkt daneben steht, schaltet den PC ein und erstarrt plötzlich zu Eis. Noch bevor er irgendetwas angefasst hat, ertönt ein ohrenbetäubendes Piepen. Auf dem Bildschirm sind nur schwarze und weiße Balken zu sehen.

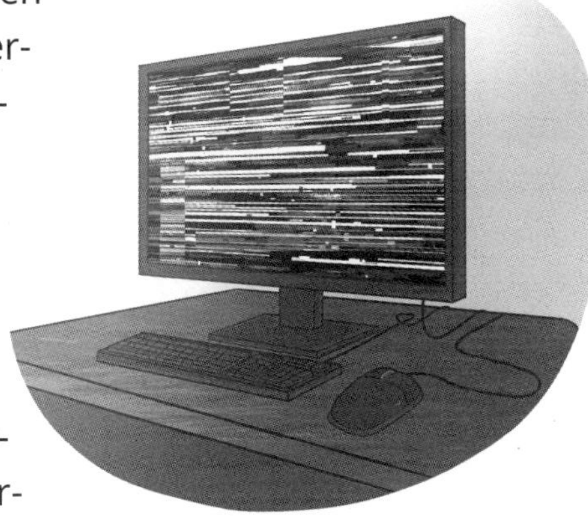

Nach etwa 30 Sekunden erscheint eine vermummte Person in komplett schwarzer Kleidung. Hinter ihr stehen noch drei weitere. WannaBe versucht, deren Gesichter zu erkennen, doch er sieht nur dunkle Kapuzen, die sich die Unbekannten tief in die Gesichter gezogen haben, und Schlauchschals, die bis hoch über die Nase reichen.

**»Guten Morgen, WannaBe. Schön, dass du die Karte, die wir dir hinterlassen haben, gefunden hast. Ich schätze, du möchtest jetzt gerne eine Runde zocken?«**

WannaBe läuft es bei der blechernen Stimme eiskalt über den Rücken, während der Unbekannte fortfährt.

**»Tja, das wird wohl nichts. Meine Jungs und ich haben deinen Account gehackt. Er gehört jetzt uns. Aber wir sind ja keine Unmenschen, deshalb tauschen wir ihn natürlich gern gegen etwas ein. Du findest Es mithilfe dieser alten Schatzkarte, die dein Bobby für dich ausgegraben hat. Woher wir das wissen? Unsere Augen sind überall.«**

Kaum sind die unheilvollen Worte verklungen, erscheint WannaBes Startbildschirm, als wäre nichts gewesen.

Der junge YouTuber ist völlig perplex. *Ist das wirklich gerade passiert? Hat hier ernsthaft jemand meinen Account gehackt? Wieso? Und wer um alles in der Welt war das?*

Unzählige Fragen schießen durch seinen Kopf. WannaBe atmet tief durch und versucht, sich bei Fortnite einzuloggen. Fehlermeldung. Er versucht es erneut. Fehlermeldung. Und ein drittes Mal. Fehlermeldung.

»Was zum Geier? Das ist nur ein Traum. Ich schlafe bestimmt noch. Ich leg mich jetzt einfach wieder hin, dann wache ich noch mal auf und alles ist beim Alten«, redet sich WannaBe ein und wirft sich mit dem Gesicht voran auf sein Bett.

# Kapitel 2

»WannaBe! Hey, WannaBe!«

Olli wirft dem YouTuber ein Kissen an den Kopf, was Bobby direkt dazu animiert, hinterherzuspringen.

»Was ist denn jetzt schon wieder los?« WannaBe ist noch ganz verwirrt und reibt sich mit den Händen übers Gesicht.

»Sag mal, wie kann ein Mensch nur so viel schlafen wie du? Das ist doch nicht mehr normal!«, sagt Olli grinsend.

»Hä, ich saß doch gerade noch vor meinem PC ... Hab ich das schon wieder nur geträumt?«

»Was denn geträumt?«

»Ach nichts ... Ich hab so komische Träume in letzter Zeit. Als würde mir mein Gehirn einen Streich spielen wollen.«

»Weißt du was? Vielleicht brauchst du einfach mal eine Auszeit vom Zocken. Ich weiß, ich klinge jetzt wie deine Mutter, aber geh doch einfach mal vor die Tür, bisschen Fahrrad fahren.« So sehr Olli auch versucht, ernst zu bleiben, er schafft es nicht. Er bricht in lautes Gelächter aus und WannaBe kann auch nicht lange an sich halten.

»Wie bist du eigentlich hier reingekommen?«, fragt der YouTuber seinen besten Freund.

»Bin durchs Fenster geklettert, wie immer«, antwortet Olli unbeeindruckt und zuckt mit den Schultern.

WannaBe ist völlig perplex. »Warte, was?«

»Du glaubst einem auch wirklich alles, oder? Deine Mutter hat mich reingelassen, du Trottel!« Der Sportler wirft sich auf das Bett. Bobby legt sich direkt dazu und lässt sich den Bauch streicheln. »Was ist denn nur los mit dir?«

WannaBe weiß nicht so recht, wo ihm gerade der Kopf steht. »Ey, ich habe wirklich absolut keine Ahnung, was zurzeit nicht stimmt. Diese seltsamen Träume … Ich hab die schon seit Wochen und langsam machen die mich wahnsinnig. Völlig bescheuert, oder?« Der YouTuber lächelt müde, schüttelt den Kopf und rappelt sich auf. »Komm, wir gehen runter.«

In der Küche treffen die Jungs auf WannaBes Eltern.

»Na, Olli, du lässt dir auch kein Essen in unseren vier Wänden entgehen, oder?«, begrüßt ihn WannaBes Papa und schlägt mit ihm ein.

»Logisch! Grillfleisch wandert direkt in den Bizeps, weißt du doch«, entgegnet Olli, während er seinen Arm anspannt. »Heute wieder Armdrücken-Duell? Hast du trainiert, Frank?«

»Warte ab und staune!«

Olli gehört schon von Anfang an inoffiziell zur Familie. Er lebt nur mit seiner Mutter zusammen und hat seinen Vater nie kennengelernt. Das weiß Frank natürlich. Da er auch für ihn immer wieder in die Vaterrolle springt, ist Olli schon fast zu einem zweiten Sohn für ihn geworden.

»Und, wie läuft der Sport, mein Junge?«

»Ich kann mich nicht beklagen, bin gerade richtig

motiviert. Alles für den Waschbrettbauch, weißt du doch«, sagt Olli und zwinkert.

»Alles für die Mädels, meinst du.« Natürlich kommt ein Seitenhieb von WannaBe. Olli kommt gut bei den Mädchen an und das weiß er auch genau. Manchmal lässt er sich davon ganz schön vom Wesentlichen ablenken. Würde der YouTuber immer einen Euro bekommen, wenn Olli fast gegen einen Baum läuft, weil er einem Mädchen hinterherschaut, wäre er schon reich.

»Ach komm, für irgendwas muss der ganze Sport ja gut sein!«, witzelt Olli. »Ist auch für den Kopf super, immerhin habe ich nicht solche seltsamen Träume wie du.«

Andrea wird hellhörig. »Seltsame Träume? Bist du deshalb in letzter Zeit so durcheinander?«

WannaBe winkt gleich ab: »Es ist nichts, Mama. Ich schlafe aktuell einfach nur schlecht.«

»Vielleicht brauchst du wirklich mal eine kleine Pause vom Zocken.«

Olli fängt an zu lachen. »Siehst du? Ich wusste, dass sie das sagen wird!«

WannaBe schaut genervt zur Seite und wechselt das Thema: »Wann kommen denn nun Julian und seine Eltern?«

»Alexander muss arbeiten. Aber Julian und seine Mama müssten ungefähr in einer halben Stunde da sein. Würdet ihr Jungs schon mal den großen Tisch und die Stühle aus dem Schuppen holen und aufstellen?«

»Klar ...« WannaBe schlurft nach draußen und Olli schiebt ihn von hinten an.

»Wartet!« Frank wirft den beiden seinen Schlüsselbund

zu und widmet sich dann der großen Schüssel Nudelsalat, die schon in der Küche steht.

»Frank, Finger weg von den Nudeln!«, hören die Jungs Andrea noch schimpfen, während sie in den Garten stiefeln.

WannaBe ruft Bobby zu sich, der noch schnell seinen Lieblingsball schnappt und dann hinter ihnen nach draußen stürmt.

»Na los, komm her!« Olli lässt sich das Spielzeug bringen und wirft es quer durch den Garten.

Während er und Bobby über die Wiese toben, macht sich WannaBe am Schuppen zu schaffen.

»Wieso passt denn keiner dieser dämlichen Schlüssel? Das kann doch nicht wahr sein!« Der YouTuber hat mittlerweile den gesamten Bund durchprobiert, aber das Schloss

bleibt zu. Langsam wird er sauer. »Was soll denn das? Bin ich jetzt schon zu blöd, einen Schuppen aufzumachen?« Und im nächsten Moment fliegt die Schlüsselsammlung quer über den Rasen, bevor er sich auf den Boden plumpsen lässt.

»Bist du wahnsinnig?« Olli geht entgeistert in Deckung und auch Bobby springt erschrocken zur Seite. »Also entweder du machst jetzt endlich den Mund auf und erzählst mir, was hier los ist, oder du reißt dich jetzt zusammen. Das kann sich doch langsam keiner mehr mit angucken!«

Der YouTuber schaut genervt auf und sieht einen grimmig blickenden Olli. So hat er seinen besten Kumpel noch nie gesehen. »Okay ... Okay, ich erzähls. Ich habe seit Wochen das Gefühl, als würde ich überhaupt nicht schlafen, selbst wenn ich zehn Stunden im Bett liege. Ich wache noch müder auf, als ich mich hingeleget habe. Und dann träume ich die bescheuertsten Dinge. Erst letzte Nacht hab ich geträumt, dass ich falle und falle und plötzlich in meinem Fortnite-Skin stecke. Und dann, als ich vorhin weggenickt bin, hab ich geträumt, dass jemand meinen Account gehackt hat. Und dass ich mit einer Schatzkarte irgendwas finden muss, was ich dagegen eintauschen kann.«

Es herrscht Stille zwischen den beiden Freunden. Selbst Bobby schaut ganz betroffen. Er hat sich ganz nah neben WannaBe gesetzt und guckt ihn mit großen Augen an.

»Ach, Bobby, es ist alles okay.« Der YouTuber versucht zu lächeln und krault seinen Vierbeiner hinter den Ohren. Er kommt sich so dämlich vor mit dem, was er da gerade erzählt hat.

Zum Glück fängt sein Freund irgendwann an zu sprechen:

»Okay, wow.« Olli muss erst mal durchatmen. »Also ich hatte wirklich mit irgendwas Dramatischem gerechnet, aber es sind nur Träume.«

»Ich wusste, dass du es lächerlich finden würdest. Sehe ich ja au–«

»Nein, das hab ich ja gar nicht gemeint! Ich bin gerade nur froh, dass nichts Schlimmeres passiert ist.« So oft Olli auch über alles Witze reißt und die Dinge auf die leichte Schulter nimmt, jetzt meint er es wirklich ernst. »Vielleicht war das irgendeine Vorahnung, dass du heute diese Karte finden wirst. Wer weiß. Vielleicht entwickelst du gerade übernatürliche Kräfte«, scherzt der Freund nun doch wieder. »Auf jeden Fall wird es echt höchste Zeit, dass du mal hier rauskommst. Passt doch perfekt, dass wir morgen zu deiner Tante fahren.«

WannaBe sitzt immer noch in sich gekehrt im Gras und murmelt: »Ja, du hast bestimmt recht. Wie immer.«

»Komm, hiev dich hoch, damit wir das Zeug aus dem Schuppen holen können. Sonst wirft deine Mama gleich das Nudelholz nach uns«, witzelt Olli und endlich muss der YouTuber lachen. »Lass den Grobmotoriker mal ran.« Der Sportler schnappt sich den Schlüsselbund und beim zweiten Anlauf ist der Schuppen offen. »So macht man das.«

Fünf Minuten später stehen Tisch und Stühle. Frank hat sich mittlerweile zu den Jungs gesellt. Er wirft den Grill an – und wer weicht ihm seither nicht mehr von der Seite? Bobby, wer sonst. Frank schaut amüsiert nach unten, wo sich der Hund immer wieder um seine Beine herumschlängelt.

»Du brauchst gar nicht so süß zu gucken, du bekommst nichts vom Grill!«

»Ich geb dir später heimlich was, keine Sorge«, flüstert Andrea dem Hund zu, die gerade die erste Fuhre vorbereitetes Grillfleisch nach draußen bringt.

»So, ihr zwei, morgen gehts also zu Tante Maren?«, eröffnet Frank das Gespräch mit den Jungs.

»Ja, genau. Wir fahren morgen früh los und sie holt uns dann am Bahnhof ab. Zumindest wenn sie es nicht vergisst«, antwortet WannaBe.

»Ja, deine Mutter hat schon mit ihr gesprochen, dass sie ausnahmsweise mal pünktlich sein soll. Aber ihr wisst ja, wie das mit den Künstlern so ist. Maren hat schon eine ordentliche Ansage bekommen, dass sie nicht die ganze Zeit im Atelier hängen soll.«

»Ach, wir wissen uns schon zu beschäftigen«, entgegnet WannaBe.

»Nein, ihr könnt vergessen, dass ihr da Alleingänge macht! Ihr besucht deine Tante, also soll sie sich auch Zeit für euch nehmen!«, ruft Andrea, die das Gespräch mitgehört hat, aus der Küche.

»Ich weiß genau, dass ihr froh seid, eure Ruhe zu haben, und deshalb so gern zu Maren fahrt. Es sei euch gegönnt, solange ihr auf euch aufpasst.« Frank zwinkert den Jungs zu. »Aber gebt uns immer mal ein Zeichen, dass ihr noch lebt. Sonst wird deine Mutter zappelig und ruft alle fünf Minuten bei ihrer Schwester an.«

»Machen wir, Papa«, verspricht WannaBe.

Frank bringt den beiden schon immer viel Vertrauen

entgegen. Er weiß, dass sie zwar manchmal ein bisschen naiv, aber niemals leichtsinnig sind. Bisher haben die Jungs es immer geschafft, Herausforderungen weitestgehend selbst zu meistern und wenn sie Hilfe benötigen, steht ihnen kein falsches Ego im Weg. Sie fragen einfach danach.

Frank ist stolz auf WannaBe und dessen Selbstbewusstsein. Er versteht zwar nicht, was er da tagein, tagaus am PC macht und warum ihm andere beim Zocken zuschauen, aber irgendwas scheint sein Sohn richtig zu machen.

Gleichzeitig ist er froh, dass er in Olli so einen guten Freund hat, der ihm immer den Rücken stärkt. WannaBe versinkt manchmal etwas tief in der Online-Welt. Doch dank Olli, der sich die Zeit oft lieber draußen oder beim Sport vertreibt, läuft der YouTuber keine Gefahr, sich völlig darin zu verlieren.

Das Fleisch brutzelt auf dem Grill, der Rauch der Holzkohle steigt nach oben und die Flammen knistern. Es herrscht gerade eine herrliche Ruhe, die WannaBe für einen Moment aufatmen und seine Träume vergessen lässt. Da klingelt es an der Tür.

»Stimmt. Na toll. Das hatte ich fast vergessen.«

Schon ruft die Stimme seiner Mutter von drinnen: »Jungs, kommt rein! Julian und seine Mama sind da!«

WannaBe wirft Olli einen missmutigen Blick zu, doch dieser klopft ihm auf die Schulter.

»Los, stell dich nicht so an.« Und schon marschiert der Sportler zur Tür. »Hi, ich bin Olli!« Er möchte mit Julian einklatschen, doch dieser weiß gar nicht so richtig, was er mit dieser halb gehobenen Hand anstellen soll. Heraus kommt ein komisches Händeschütteln, worüber Olli nur lacht.

»Warte, wir machen das noch mal.« Er nimmt die Hand des Nachbars und zeigt ihm, wie man einschlägt.

Julian lächelt verlegen: »Hallo, danke. Ich bin Julian. Und nicht so vertraut mit coolen Dingen. Ich glaube, deshalb bin ich hier.«

»Keine Sorge, das kriegen wir schon hin«, entgegnet Olli amüsiert und schiebt WannaBe, der es nun auch endlich zur Tür geschafft hat, an sich vorbei.

»Hey, Julian«, begrüßt er seinen Nachbarn etwas mürrisch. Olli stößt ihm mit dem Ellbogen in die Rippen. »Aua, was soll denn das?«

# Kapitel 3

Alle sechs haben es sich im Garten bequem gemacht und lassen sich die Leckereien vom Grill schmecken. Andrea, Frank und Julians Mutter Erika unterhalten sich angeregt. »Schade, dass Alexander nicht mit dabei ist. Mit wem trinke ich denn jetzt mein Bier?«, scherzt Frank herum.

»Ja, der muss mal wieder arbeiten«, entgegnet Erika.

»Das ist für Julian sicher auch nicht einfach, oder?«, fragt Andrea.

Erika hält kurz inne und antwortet dann: »Er beschäftigt sich viel allein. Er interessiert sich eben nicht für Dinge, die andere in seinem Alter toll finden, und findet nur schwer Freunde. Deshalb hoffe ich, die Jungs verstehen sich.«

Die Blicke der Erwachsenen wandern rüber zu den Jugendlichen. Tatsächlich reden sie lebhaft miteinander. Zumindest Olli und Julian.

»Du gehst also in den Wald, setzt dich dort auf deinen Campingstuhl und wartest mit deinem Fernglas, bis Tiere vorbeikommen? Warum?«, möchte Olli wissen.

»Na ja, finde es eben interessant, wie sich die Tiere verhalten, kommunizieren und sich Essen beschaffen.«

»Gut, so wie andere eben gern Zocken«, antwortet der Sportler mit Blick zu WannaBe, um ihn endlich mit ins Gespräch zu holen. »Erzähl doch mal von YouTube! Julian, du kennst seinen Account doch bestimmt, oder?«

»Um ehrlich zu sein … nicht«, gibt der Nachbarsjunge fast schon beschämt zu.

»Wie, du kennst WannaBes Videos nicht? Er hat Tausende Follower! Los, zeig mal was«, schubst Olli seinen Freund an.

»Ja, warte. Ich muss mir kurz mal die Hände waschen, sonst schmiere ich mein Handy voll«, antwortet der YouTuber, der gerade seinen zweiten Burger verschlungen hat. Olli schaut ihm verdutzt hinterher. *Seit wann lässt er sich denn von ein bisschen Burgersoße davon abbringen, über sein Lieblingshobby zu reden?*

Olli zweifelt zu Recht.

Aus zwei Minuten werden fünf, zehn, fünfzehn. Andrea wundert sich nun auch schon, wo ihr Sohn steckt. »Ist WannaBe beim Händewaschen eingeschlafen?«

»Keine Ahnung, wo er ist. Wir gehen mal gucken«, antwortet Olli.

Die Jungs steigen die Treppe hinauf. Schon von Weitem sehen sie, dass die Badezimmertür offen steht und kein WannaBe da ist.

»Das war ja klar.«

»Was war klar?« Julian folgt Olli auf Schritt und Tritt.

»Ach, WannaBe hat heute irgendwie schlechte Laune. Er ist wahrscheinlich einfach mit dem falschen Fuß aufgestanden«, versucht der Sportler die Situation zu erklären, ohne zu offenbaren, was wirklich los ist. »Er sitzt bestimmt in seinem Zimmer.«

Olli klopft an die Tür.

»WannaBe? Bist du hier drin?«

Keine Antwort. Er öffnet langsam die Tür und hatte recht. Der YouTuber sitzt auf seinem Bett, den Blick nach unten gerichtet.

»Ist alles okay?«

WannaBe streckt bedrückt seinen Arm aus, eine Papierrolle in der Hand. »Hier, guck mal.«

Olli kommt näher und winkt Julian hinter sich her. Während der Nachbarsjunge ein fragendes Gesicht macht, hat der Sportler die Karte sofort erkannt. »Ja, ich weiß, das olle Ding hast du heute gefunden. Du hast sie mir doch sogar gezeigt. Darüber haben wir sogar vorhin am Schuppen noch mal gesprochen. Hast du das vergessen?«

Der YouTuber denkt kurz nach. »Stimmt ... Oh Mann, ich bin so verwirrt! Ich kann langsam echt nicht mehr unterscheiden, was ich geträumt habe und was nicht!« WannaBe steht am Rande der Verzweiflung.

»Also das war offensichtlich kein Traum. Aber denkst du, die ist echt?«, zweifelt Olli laut.

»Wir können das ganz einfach rausfinden. Wir müssen sie nur unter ein Mikroskop legen und mit ein paar einfachen Chemikalien das Papier und die Farbe prüfen. Dann sehen wir, wie alt sie ungefähr ist. Und wenn sie ... keine Ahnung ... über hundert Jahre alt ist, ist es relativ unwahrscheinlich, dass sich hier jemand einen Scherz erlaubt hat«, sagt Julian, der gerade voll in seinem Element ist.

»Wollte ich auch gerade vorschlagen«, sagt Olli grinsend.

»Tu doch nicht so, als hättest du auch nur den leisesten Schimmer davon, was der Nerd hier redet«, schießt WannaBe los, rudert aber schnell wieder zurück. »Tut mir leid. Ich wollte dich nicht beleidigen, Julian. Mich stresst die Sache einfach so extrem ...«

»Warum denn beleidigen?«

»Na weil ich dich ›Nerd‹ genannt hab ...«

»Das ist doch keine Beleidigung! Für mich ist das ist ein ganz normaler Begriff wie jeder andere auch. Ich benutze den sogar ganz gerne«, erwidert der Nachbarsjunge lächelnd.

»Da bin ich ja beruhigt. In gewisser Weise bin ich ja auch ein Nerd. Nur eben einer, der gern zockt.« WannaBe schmunzelt, atmet kurz durch und spricht weiter: »Ich hab dir doch heute kurz von meinem Traum erzählt, Olli. Dass mein Account gehackt wurde und ich ihn nur wiederbekomme, wenn ich im Gegenzug irgendeinen Schatz abliefere. Tja, anscheinend war das auch real.« Er deutet auf die Karte. »Damit soll ich ihn finden.«

»Und das weißt du woher?«, fragt Olli.

»Als ich nach dem Gassigehen zocken wollte, ist mein PC nicht normal hochgefahren, sondern hat ein Video abgespielt. Da waren ein paar vermummte Typen zu sehen und einer von denen meinte, sie hätten meinen Account gehackt. Und ich würde ihn wiederbekommen, wenn ich ihnen das, was man mit dieser Karte findet, bringen würde. «

»Können wir das Video sehen?«

»Leider nein. Es wurde einmal abgespielt und dann

war es weg. Danach ist mein PC gestartet, als wäre nichts gewesen.«

Olli schaut erwartungsvoll zu Julian. »Du bist doch schlau. Kannst du da nichts machen?«

In diesem Moment klopft es an der Tür. Es ist Frank, der ruft: »Jungs, lebt ihr noch?«

»Ja, Papa, komm ruhig rein. Ich hab Julian nur mal mein Zimmer gezeigt und gerade wollten wir an den PC.«

»Kommt wenigstens kurz mit runter und esst auf. Wenn ich ohne euch wiederkomme, steht deine Mutter spätestens in drei Minuten hier und dann könnt ihr euch frisch machen.« Daraufhin müssen alle vier lachen.

»Ja, Papa. Wir kommen sofort.«

Und schon ist Frank wieder verschwunden.

»Julian, kriegst du das nun hin oder nicht?«, fragt Olli.

»Na ja. Ja. Ich denke schon. Aber das dauert ein bisschen.«

»Und wie lange? Wir haben keine Zeit! Wer weiß, was die in der Zwischenzeit mit meinem Account anstellen ... und vor allem, wie die in meinem Namen mit meiner Community umgehen. Vielleicht hassen mich dann alle!«, sprudelt es aus dem YouTuber heraus.

»Eine oder zwei Stunden vielleicht. Kommt ganz darauf an, welche Technik die Hacker benutzt haben. Tut mir leid, schneller geht das nicht«, entschuldigt sich Julian.

»Okay, also müssen wir irgendwie Zeit schinden«, überlegt Olli.

»Wir sagen einfach, wir wollen nach dem Essen noch zusammensitzen, um uns besser kennenzulernen. Das wollen unsere Mütter doch eh, oder Julian?«, fragt WannaBe.

»Ja, sieht so aus.«

»Also hilfst du mir?«

»Klar.«

Und so stapfen die drei wieder nach unten und gesellen sich zur Elternfraktion.

»Was habt ihr denn so lange da oben gemacht?«, möchte Andrea neugierig wissen.

»Ich hab Julian mein Zimmer gezeigt und dann wollten wir eigentlich ein bisschen zocken, aber das machen wir später.«

»Ist das okay, Mama?«, fragt Julian seine Mutter.

»Ja, natürlich!«

»Aber macht nicht zu lange, du und Olli müsst morgen früh raus. Hast du überhaupt deine Sachen schon gepackt?«, fragt Andrea.

»Ja, klar, was denkst du denn?« Natürlich hatte der YouTuber noch nicht mal seine Sporttasche vom Schrank geholt. Aber das musste seine Mutter ja nicht wissen. »Cool, dann ist das also gebongt!«, ruft er froh.

Die Jungs grinsen sich an und in allen dreien steigt die Aufregung. Olli packt sich noch mal einen Teller voll und unterhält sich nebenbei mit Frank. Julian und WannaBe hingegen sind deutlich ruhiger. Gemeinsamkeiten, über die sich die beiden unterhalten könnten, haben sie noch nicht entdeckt.

»Wäre es denn okay, wenn wir langsam nach oben verschwinden?«, fragt WannaBe seine Eltern etwa zwanzig Minuten später.

Erika meldet sich zu Wort: »Ich würde mich sowieso

langsam verabschieden. Alex müsste mittlerweile auch zu Hause sein.«

»Na endlich!«, flüstert der YouTuber den Jungs zu. »Ich dachte schon, wir können uns nie verdrücken.«

In seinem Zimmer angekommen, wird WannaBe gleich ganz ungeduldig. »Okay, Julian. Leg los!«

Der Nachbarsjunge setzt sich vor den PC und fährt ihn hoch. Olli stellt sich hinter ihn und fängt an, ihm ungelenk die Schultern zu kneten, als wäre er sein Coach.

»Was brauchst du, Champ? Cola? Schokoriegel? Chips?«, fragt er.

Julian ist völlig verwirrt: »Ehm … Gar nichts, danke.«

»Jetzt lass ihn doch mal in Ruhe, Olli«,

»Könntest du dich kurz einloggen, damit ich auf deinen Startbildschirm komme?«, bittet ihn sein Nachbar.

»Klar.«

»Du brauchst wirklich nichts?«, mischt sich Olli wieder ein. »Keine Cola?«

»Nein, danke. Ich will doch heut Nacht noch irgendwie schlafen können.«

»Wie, du kannst von Cola nicht

schlafen?«

»Das ganze Koffein, der ganze Zucker. Das hält doch ewig wach.«

»Sag mal, was hast du denn an ›Jetzt lass ihn doch mal in Ruhe‹ nicht verstanden?« Der YouTuber schiebt seinen besten Freund zur Seite. Doch Julian ist schon in seiner eigenen Welt. WannaBe und Olli sitzen auf dem Bett und starren Löcher in die Luft. Sie langweilen sich zu Tode. Dann, nach gut eineinhalb Stunden endlich die Erlösung.

Die beiden Jungs erschrecken, als Julian plötzlich spricht. »Ich glaube, ich habe es!«

Sie springen sofort auf und stellen sich hinter ihn.

»Ja, das sind sie! Das sind die vermummten Typen, die ich gesehen hab! Spiel ab, los!« WannaBes Hände zittern, so aufgeregt ist er.

Und da ist die unbekannte Stimme wieder: **»Guten Morgen, WannaBe. Schön, dass du die Karte gefunden hast.«**

Die Jungs schauen sich das Video bis zum Ende an. Niemand traut sich, etwas zu sagen. Wie immer ist es Olli, der nach einer Weile die Stille bricht.

»Ich glaube, die Hacker haben sich mit den Falschen angelegt. Wir finden sie und dann holen wir dir deinen Account zurück! Julian, du kannst bestimmt rausfinden, von welchem Standort aus das Video auf den PC hochgeladen wurde, oder?«

»Nein, leider nicht …« Der selbst ernannte Nerd schaut verlegen zu Boden. »Die Daten sind so gut verschlüsselt, das kann nur ein Profi herausfinden. Tut mir leid.«

»Okay, dann spielen wir das Video jetzt so lange ab, bis

wir einen Anhaltspunkt finden, wo sich diese Mistkerle aufhalten!« Olli war noch nie in seinem Leben so sauer.

Die drei Jungs schauen sich die Aufnahme immer und immer wieder an, doch sie entdecken einfach keinen einzigen Hinweis.

»Das bringt doch alles nichts.« WannaBe beendet frustriert die Dauerschleife. »Wenn ich mir dieses Video noch einmal angucken muss, krieg ich einen Anfall!«

»Aber was willst du denn sonst machen? Etwa ernsthaft der Karte folgen und einen Schatz für diese Idioten suchen?«, fragt Olli entgeistert.

»Was hab ich denn für eine Wahl?«

»Du spinnst doch! Julian, sag auch was!«

Der Nachbarsjunge ist völlig in sich gekehrt. Anders als Olli reagiert er nicht gleich aufbrausend, sondern überlegt, welche Optionen sie jetzt noch haben. »Also erst mal würde ich das Alter der Karte prüfen. Wie gesagt, wenn sie alt ist, ist es relativ unwahrscheinlich, dass dich jemand mit einem Fake auf den Arm nehmen will. Und dann musst du wohl wirklich auf die Suche gehen.«

»Damit die Hacker ihren Willen kriegen? Auf keinen Fall!« Olli ist außer sich.

»Nur weil WannaBe findet, was auch immer da versteckt ist, heißt das noch lange nicht, dass sie es auch bekommen. Wenn er es schlau anstellt, hat er am Ende den Schatz *und* seinen Account, während die Hacker komplett leer ausgehen«, erklärt Julian.

»Okay, die Idee gefällt mir. Wie kriegen wir hier und jetzt heraus, wie alt die Karte ist?«, möchte WannaBe wissen.

»Wie gesagt, man müsste da durch ein Mikroskop schauen und ein paar Chemikalien zum Prüfen heranziehen. Das dauert ein bisschen, weil die Stoffe reagieren müssen.«

»Aber ich muss das jetzt wissen! Wir fahren morgen zu meiner Tante!«

»Dann müssen Julian und sein Chemiebaukasten eben mitkommen.«

# Kapitel 4

Der nächste Morgen ist angebrochen. WannaBe sitzt noch hundemüde auf seinem Bett, denn er war die halbe Nacht wach. Seine Gedanken kreisten nur um eine Sache: *Werde ich wirklich auf Schatzsuche gehen müssen? Und wenn ja, wo soll ich bloß anfangen? Welches Gebiet zeigt die Karte? Und wonach suche ich überhaupt?*

So viele Fragen schwirren durch den Kopf des YouTubers. Und ob Julian nun mit zu seiner Tante fahren kann, weiß er immer noch nicht. Eigentlich soll es in einer halben Stunde losgehen, aber er hat noch nichts von ihm gehört.

Olli ist mittlerweile eingetroffen und versucht, WannaBe zu beruhigen. »Wenn sich Julian in den nächsten zehn Minuten nicht meldet, gehen wir einfach rüber und klingeln. Wer weiß, was da los ist. Vielleicht hat er verschlafen oder sein Handy ist ausgegangen.«

»Wer in unserem Alter vergisst denn bitte, sein Handy zu laden?«

»Es ist Julian. Haben wir nicht gestern gemerkt, dass er ein bisschen anders ist? Außerdem können wir eh nicht los, bevor du nicht endlich ein paar Sachen eingepackt hast.«

WannaBes Blick fällt auf seine leere Sporttasche. »Jetzt greif einfach in den Schrank, schmeiß irgendwas da rein und gut ist. Wir machen ja keine Weltreise.«

Und während Olli diesen Satz sagt, ertönt die Stimme von WannaBes Mama: »Jungs? Kommt ihr mal?«

Beide eilen Böses ahnend die Treppe herunter. Schnell ist klar, was los ist. Julian und Erika stehen im Flur.

»WannaBe, wann wolltest du mir eigentlich erzählen, dass du Julian mit zu deiner Tante eingeladen hast?«, fragt Andrea mit hochgezogenen Augenbrauen.

»Oh … Das hab ich total vergessen! Ja, darüber haben wir gestern Abend noch gesprochen. Wir … Wir haben uns so gut verstanden und da … da dachten wir, ein gemeinsamer Ausflug wäre doch … cool?«, stammelt er.

WannaBes Mutter schaut skeptisch. »Warum hab ich das Gefühl, dass ihr was im Schilde führt?«

»Also eigentlich war das ja mein Vorschlag«, versucht Olli die Lage zu retten. »Ich dachte mir: Entspannte Umgebung, freier Kopf, das ist doch perfekt, um sich ein bisschen näher kennenzulernen und Gemeinsamkeiten zu finden.«

Andreas Gesicht entspannt sich. »Gut, ich tue jetzt so, als würde ich euch das abkaufen. Eigentlich ist das ja wirklich eine gute Idee. Erika, was sagst du?«

»Julian ist noch nie ohne mich auf Reisen gewesen, höchstens auf Klassenfahrt oder mal ins Ferienlager, als er noch jünger war … Und deine Schwester ist zuverlässig? Passt sie gut auf unsere Jungs auf?«

Andrea hält kurz inne. Natürlich weiß sie, dass Maren eigentlich die meiste Zeit vor einer ihrer Leinwände verbringt, aber sie verlässt sich darauf, dass ihre Standpauke gefruchtet hat. Also entscheidet sich Andrea für die gute Miene zum hoffentlich nicht bösen Spiel. »Na klar!« Sie wirft WannaBe einen ernsten Blick zu, damit er mitspielt.

»Ja, Tante Maren lässt uns so gut wie nie aus den Augen. Das kann manchmal echt nerven«, steigt er ein.

Erika nimmt ihren Sohn in die Arme. »Dass du mir ja gut auf dich aufpasst! Und wehe, du bist nicht erreichbar! Ich weiß, wie oft du vergisst, dein Handy zu laden!«

»Ja, Mama. Ich pass auf, versprochen.« Julian schlüpft aus der Umarmung.

»Gut, dann ab jetzt mit euch.« Erika verabschiedet sich und wirft ihrem Sohn aus der Ferne noch einen Luftkuss zu.

»Peinlich ...«, murmelt WannaBe gerade, da zieht ihn seine Mutter auch schon an sich und sagt: »Mach keine Dummheiten und hör darauf, was deine Tante dir sagt.«

»Ja, Mama, ist okay. Bobby, komm!«

Natürlich begleitet der kleine Vierbeiner sie auf dieser Reise.

Julian streckt Andrea zum Abschied die Hand hin, doch diese zieht ihn ebenfalls in eine Umarmung. »Lass dich nicht von den Jungs ärgern. Gib ihnen ruhig Konter, das können sie ab«, rät sie ihm und lächelt ihn warm an.

Julian lächelt und macht Platz für Ollis Verabschiedung.

Der Bahnhof ist etwa fünf Minuten zu Fuß entfernt. Sobald sie außer Hörweite sind, platzt es aus WannaBe hervor: »Warum hast du mir denn nicht zurückgeschrieben? Die ganze Zeit hab ich auf deine Antwort gewartet!«

»Tut mir leid. Ich habe ewig gebraucht, um meine Mutter zu überreden, mich mitfahren zu lassen, und dabei vergessen, mein Handy aufzuladen.«

»Bist du wirklich noch nie ohne sie irgendwo hingefahren?«, fragt Olli.

»Na ja, doch, hin und wieder. Auf Klassenfahrten und ich war vor Ewigkeiten mal in einem Pfadfinder-Ferienlager. Aber das hat mich so gelangweilt, dass ich irgendwann weg von der Gruppe bin, um besser Tiere beobachten zu können. Die anderen waren so laut, dass sie die immer wieder verscheucht haben. An einem Tag war ich aber zu spät wieder im Camp. Alle haben mich schon gesucht und panisch meine Mutter angerufen. Im Auto hat sie mir die Standpauke meines Lebens gehalten. Seitdem wars das.«

Olli seufzt. »Gut, das erklärt natürlich einiges. Zum Glück hat sie dich jetzt mitgelassen, sonst würden wir ganz schön in der Klemme stecken. Du hast deinen Chemiebaukasten dabei, oder?«

»So was ist doch für kleine Kinder. Aber die Chemikalien, die wir zum Testen brauchen, hab ich im Rucksack, ja.«

»Dann können wir direkt loslegen, wenn wir angekommen sind? Ich will echt keine Zeit mehr verlieren, ich will meinen Account wiederhaben!« WannaBe kickt wütend einen Stein auf das Gleis vor ihnen. Bobby möchte hinterherrennen, merkt aber schnell, dass das kein Spiel ist.

Julian versichert ihm: »Ja, wir fangen dann sofort an, versprochen.«

An der Anzeigetafel des kleinen Bahnhofs steht, dass der Zug in 15 Minuten kommt.

»Toll, jetzt warten wir hier ewig, weil meine Mama uns wieder Stunden zu früh losgejagt hat … Hat jemand Hunger?«, fragt der YouTuber.

»Was ist denn das für eine blöde Frage?«, antwortet Olli, der sich schon längst in Richtung Bäckerei gedreht hat.

Es gibt Puddingschnecken, Cookies und Julian hat sich tatsächlich zu einer Cola überreden lassen. Bobby schleckt währenddessen fröhlich aus dem Wassernapf, den er samt Streicheleinheiten von der Bäckerin bekommen hat.

Fast hätten die vier zu lang herumgetrödelt, denn plötzlich hören sie den Zug einfahren und schnappen schnell ihr Gepäck. Olli rennt, Bobby dicht auf den Fersen, voraus und hält den beiden anderen Jungs die Tür auf.

»Los, ihr Trantüten!«

Völlig abgehetzt suchen sie sich einen freien Viererplatz, lassen sich auf die Sitze fallen und atmen tief durch. Der Dackel macht es sich unter dem Tisch bequem und fängt wenige Sekunden später an, zu schnarchen. WannaBe schläft kurz danach auch ein. Olli und Julian hingegen unterhalten sich während der Fahrt über Gott und die Welt. Sie verstehen sich richtig gut und Olli findet seinen neuen Kumpel unglaublich witzig. Er legt manchmal, ohne es zu merken, einen so trockenen Sarkasmus an den Tag, dass sich Olli jedes Mal totlachen könnte.

Als die Jungs aus dem Zug steigen, hört WannaBe, noch bevor er sich überhaupt umsehen kann, eine bekannte Stimme: »Hey! Bist du nicht dieser WannaBe? Der YouTuber?«, schreit Tante Maren durch den ganzen Bahnhof.

Alle Leute drehen sich um und WannaBe würde am liebsten im Erdboden versinken. Das macht sie jedes Mal. Wirklich jedes einzelne Mal.

»Muss das immer sein?«, fragt er entnervt, als er auf seine Tante zuläuft.

»Was denn? Ich bin eben stolz auf dich. Und jetzt lass dich drücken, los!«

Und ehe er sichs versieht, drückt Maren ihn an sich.

»Olli, komm, du auch!«, ruft sie seinen besten Freund hinzu. Nachdem Maren die beiden Jungs wieder freigelassen hat, widmet sie sich dem Dritten im Bunde. »Und du bist Julian, richtig?«

»Ja, genau«, antwortet dieser schüchtern.

»Ach, du gehörst jetzt genauso dazu!« Zum zweiten Mal an diesem Tag findet sich auch Julian unverhofft in einer Umarmung wieder. Er schaut verwirrt zu WannaBe.

»Frag nicht, die ist immer so.«

»Hey, was soll das denn heißen?«, protestiert Maren gespielt entsetzt, während sie Bobby zur Begrüßung streichelt.

Die fünf laufen rüber zum Parkplatz, verstauen ihre Taschen im Kofferraum und noch bevor sie in den himmelblauen Van steigen, ruft Olli: »Ich sitz vorn!«

»Du bist manchmal so ein Kleinkind«, kommentiert WannaBe und verdreht die Augen.

Nachdem die Sitzordnung geklärt ist, geht die Fahrt los.

»Ich hab viel mit euch vor, Jungs! Gleich gehen wir erst mal schön in der Stadt Mittag essen. Dann machen wir eine Runde Sightseeing, damit Julian ein bisschen was zu sehen kriegt. Und für heute Abend hab ich uns einen Horrorfilm rausgesucht, wie früher. Weißt du noch, WannaBe? Ich hab Chips, ich hab Popcorn, Cola, Limo … Ach ja, natürlich bestellen wir auch Pizza!«

WannaBe unterbricht seine Tante: »Warte, du bist zu Hause? Nicht im Atelier?«

»Wenn du wüsstest, wie mich deine Mama am Telefon terrorisiert hat, damit ich ununterbrochen auf euch aufpasse …« Maren lacht. »Mir ist klar, dass ihr so gerne bei mir seid, weil ihr nahezu ungestört euer Ding machen könnt. Aber sie hat die Sache mittlerweile durchschaut. Also müssen wir da jetzt einen Mittelweg finden. Ich gönne euch eure Freiheiten hier, aber auf die Schimpftiraden deiner Mama kann ich auch verzichten.«

»Also eigentlich wollten wir uns erst mal ein bisschen ausruhen. Ich hab so schlecht geschlafen, ich bin noch völlig gerädert.« WannaBe versucht, die Pläne seiner Tante zu durchkreuzen, doch die lässt sich natürlich nicht so leicht täuschen.

»Was habt ihr denn vor?«

»Wir wollen echt einfach nur ein bisschen chillen.«

»Olli?« Maren weiß genau, dass WannaBes bester Freund kein Pokerface aufrechterhalten kann.

»Wir sind echt alle ein bisschen müde, war ein stressiger Morgen«, versucht der YouTuber, seinem Freund zuvorzukommen.

»Also was auch immer ihr wirklich vorhabt, das muss noch ein bisschen warten. Ich hab deiner Mama versprochen, dass wir heute den ganzen Tag miteinander verbringen.«

Die drei Jungs schauen einander enttäuscht an.

In der Stadt angekommen, bleiben die vier mit Bobby vor einem Restaurant stehen.

»An deiner Liebe für Burger hat sich im letzten halben Jahr doch hoffentlich nichts geändert, oder?«, fragt Maren.

»Na, was denkst du denn?«

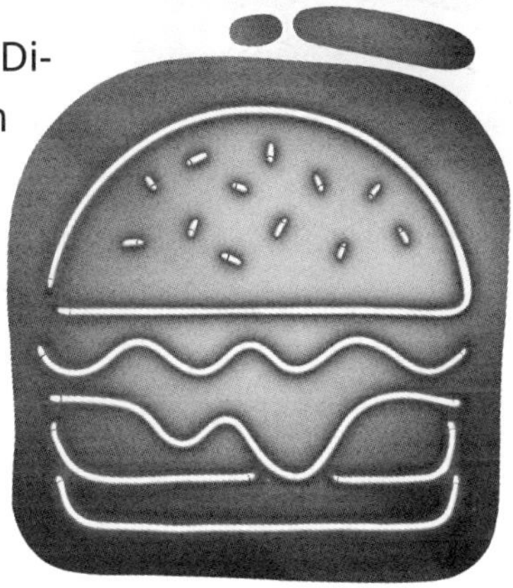

Die Gruppe betritt den kleinen Diner mit quietschroten Sitzbänken und weiß gefliesten Tischen. An einer lang gezogenen Bar können die Gäste beobachten, wie ihre Milchshakes zubereitet werden. Durch das Ausgabefenster dahinter kann man die brutzelnden Patties sehen.

Mit vollgeschlagenen Bäuchen lehnen sich alle vier zurück.

»Okay, kann mich jetzt bitte jemand mit einer Trage rausbringen?«, fragt Olli, der vier Burger verschlungen hat.

»Ich glaube, die Trage brauchen wir eher für Julian«, antwortet Tante Maren besorgt. »Gehts dir gut?«

Julians Gesicht ist ganz blass, seine Augen sind glasig und er hat schon ewig kein Wort mehr gesagt.

»Irgendwie ist mir ein bisschen schlecht«, erklärt er. »Ich glaube, mir schlägt hier was auf den Magen.«

»Dann machen wir uns doch lieber auf den Weg nach Hause und verschieben das Sightseeing auf morgen, oder?«

»Wenn das keine Umstände macht? Tut mir leid ...«

»Ach, dafür brauchst du dich doch nicht zu entschuldigen. Geht schon mal raus, Jungs, und nehmt Bobby mit. Ich bezahle noch schnell.«

Während die vier vor der Tür warten, meint Olli: »Die frische Luft hilft bestimmt.«

»Mir gehts gar nicht schlecht«, flüstert Julian. »Ich hab nur so getan, damit wir nach Hause gehen und die Karte prüfen können. Ich hab an meine letzte Insektenbeobachtung gedacht, als sich plötzlich eine riesige Spinne direkt auf meinen Kopf abgeseilt hat. Da wurde mir automatisch wieder kotzübel.«

»Julian, du bist ein Genie!«, ruft WannaBe glücklich und schlägt mit ihm ein. Kurz darauf ist auch Tante Maren da und die fünf fahren zu ihrem Haus.

»So Jungs, dann mal ab nach oben mit euch. Ihr müsst euch irgendwie einigen, wer wo schläft. Bett und Schlafcouch kennt ihr zwei ja, aber irgendjemand muss jetzt mit der Luftmatratze vorliebnehmen«, ruft Maren den drei Jungs und Bobby nach, die schon längst die Treppe hochlaufen.

Tante Marens Haus ist nicht groß, aber modern eingerichtet. Es könnte selbst als abstrakte Kunst gelten. Der Boden, die Möbel, alles ist weiß. Die einzigen Farbkleckse hängen an den ebenfalls weißen Wänden. Dort finden sich unzählige Zeichnungen und Gemälde von Marens Lieblingskünstlern. Doch was WannaBe hier am coolsten findet, ist die große Leinwand mit Beamer an der Decke im Wohnzimmer. Filme gucken ist hier wie im Kino.

Das Gästezimmer im Obergeschoss ist ein bisschen gemütlicher. WannaBe und Olli sind die einzigen, die sich hier hin und wieder einnisten. Deshalb durften die beiden Maren helfen, als sie den Raum eingerichtet hat. In der Ecke steht ein bequemes Bett, direkt nebendran ein Schreibtisch mit einem kleinen Monitor. Die Jungs können ihre Handys damit verbinden und darauf streamen oder online zocken. Das ist zwar nicht ideal, aber immerhin besser als nichts.

Auf der anderen Seite des Raums steht eine mit Stoff bezogene Couch, die sich zum Schlafen ausklappen lässt. Sogar Bobby hat hier sein eigenes Körbchen, in das er sich sofort hineinwirft, nachdem er wie ein Wahnsinniger die Treppen hochgerast ist. Die Jungs lassen ihre Taschen auf den Boden fallen. Die Kommode, die ihre Tante extra gekauft hat, nutzen sie natürlich nicht.

WannaBe kramt in seiner Sporttasche und zieht die Schatzkarte heraus.

»Hier, Julian!« Der YouTuber streckt seinem Nachbarn die Papierrolle entgegen. »Jetzt pack deine Chemikalien aus und leg los!«

»Ja, bin schon dabei!« Julian kramt verschiedene Fläschchen und Dosen hervor und verteilt sie auf dem Schreibtisch. Er zieht Gummihandschuhe an, rollt die Schatzkarte aus und beginnt, Pipetten mit verschiedenen Flüssigkeiten zu füllen. Er träufelt vorsichtig einen Tropfen nach dem anderen auf den Rand der Karte und beobachtet aufmerksam, was passiert. WannaBe und Olli schauen ihm über die Schultern und haben keine Ahnung, was er da macht. Sie sehen absolut keine Veränderung, selbst als Julian seine Lupe auspackt.

»Könntet ihr euch vielleicht kurz mal hinsetzen? Ihr macht mich ganz nervös.«

Die beiden Jungs lassen sich auf die Couch fallen und beobachten das Geschehen gespannt aus der Ferne. Keine zwei Minuten später dreht sich der Nerd um.

»Leute? Ich trau mich kaum das zu sagen, aber … Die Karte ist wirklich extrem alt.«

WannaBes Gesicht friert ein.

»Und jetzt?«

# Kapitel 5

»Jetzt gehen wir auf Schatzsuche und danach machen wir die Mistkerle, die deinen Account gehackt haben, fertig! Die denken doch nicht ernsthaft, dass wir die Drecksarbeit für sie machen? Auf gar keinen Fall! Wir suchen das versteckte Irgendwas, tun so, als würden wir es abliefern, und behalten es dann aber für uns!« Olli ist direkt voller Tatendrang.

»Warte mal, warte mal, warte mal. Wissen wir überhaupt, wo wir suchen müssen? Julian, was zeigt die Karte denn? Der Schatz ist schon bei uns in der Stadt versteckt, oder?«, möchte WannaBe von seinem Nachbarn wissen.

Dieser fängt an, zu stammeln: »Ehm, na ja. Also … Um ehrlich zu sein, zeigt die Karte keinen einzigen Ort, den ich bei uns zu Hause kenne.« Julian ist es sichtlich unangenehm, dass er seine neuen Freunde nach dem ersten Triumph nun direkt enttäuschen muss.

»Was? Das kann doch nicht sein. Zeig mal her!« WannaBe reißt ihm die Schatzkarte unsanft aus den Händen und hält sie Olli vor die Nase. »Es gibt doch eigentlich niemanden, der unsere Stadt so gut kennt, wie du. So oft, wie du draußen unterwegs bist, hast du bestimmt eine Idee, oder?«

Der Sportler nimmt die Karte an sich und inspiziert sie ganz genau. »Okay, fangen wir mal langsam an. Wir haben hier insgesamt sechs Stationen, die alle mit verschiedenen Symbolen gekennzeichnet sind. Wenn ich jetzt mal an die Piratenserien, die ich als Kind geguckt hab, zurückdenke, geben die bestimmt Hinweise darauf, was diese Stationen sein könnten. Dann sind die alle noch mit gestrichelten Linien verbunden …«

»Ja, so weit war ich auch schon«, kommentiert WannaBe. »Was ich aber ungewöhnlich finde, ist, dass das Ziel gar nicht mit einem Kreuz markiert ist, so wie man es von diesen typischen Schatzkarten kennt. Da ist aber irgendein Symbol. Sieht aus, als wäre das ein ›U‹, das auf dem Kopf steht.«

»Das ist doch aber perfekt! So können wir bis zum Schluss nach ganz konkreten Punkten suchen und müssen nicht völlig planlos umherlaufen, weil ein bloßes Kreuz ja auf nichts Bestimmtes hinweist«, bemerkt Julian.

»Vielleicht ist die Karte auch unvollständig. Ein Schatz ist immer mit einem Kreuz eingezeichnet, das ist quasi ein ungeschriebenes Gesetz …«

»Aber die Linien hören ab dem Punkt auch auf. Kann doch sein, dass wer auch immer die Karte gezeichnet hat einfach drauflosgemalt hat und eben einfach kein Kreuz als Zielmarkierung genutzt hat, sondern ein anderes Symbol. Es gab damals bestimmt kein Regelwerk fürs Kartenzeichnen«, witzelt Olli.

»Stimmt auch wieder …«, lenkt WannaBe ein. »Gut, dann

lasst uns jetzt endlich loslegen. Was könnte die erste Station sein?«

Der Sportler überlegt. »Mmmhh ... Hier ist ein Pfeil, also vermute ich mal, dass das der Start sein soll. Er zeigt auf einen großen Baum. Der könnte für unseren Park stehen, aber das wäre ein bisschen zu einfach.«

»Vermutlich«, stimmt Julian zu. »Die ganzen Symbole hier müssen für irgendwas stehen, das schon seit Ewigkeiten da ist. Und den Park gibt es bestimmt noch nicht so lang, so neu wie da alles aussieht, oder?«

»Nein, da hast du recht. Früher stand dort ein ziemlich heruntergekommener Spielplatz, der dann zum Glück zum Park wurde«, erinnert sich Olli zurück.

Julian denkt weiter laut nach. »Vielleicht müssen wir ein bisschen um die Ecke denken. Gab es früher mal eine Holzfabrik? Eine Tischlerei? Oder hat hier ein Förster gewohnt?«

»Puh, du stellst Fragen. Um so was rauszufinden, müssten wir ja ins Rathaus und dort alle möglichen Aufzeichnungen durchlesen.«

Julian guckt ihn ernst an.

»Nein, vergiss es!«, ruft der Sportler laut. »Ich werde auf gar keinen Fall tagelang Millionen Jahre alte Briefe, die einem wahrscheinlich in den Händen zerbröseln würden, durchlesen! Da such ich die Hacker lieber direkt und hau sie alle um!«

WannaBe, der nun eine Weile ruhig war, schaltet sich wieder ein: »Warum googeln wir denn nicht einfach?«

»Solche alten Aufzeichnungen findet man in der Regel nicht online. Die sind nur in den seltensten Fällen digitalisiert.

Und selbst wenn, braucht man da meistens einen Zugangscode von der Bibliothek oder so was«, erklärt Julian.

Der YouTuber grübelt weiter. »Also ich erinnere mich an ein Foto von meinem Uropa vor einem riesigen Baum mit gefühlten 20 Metern Stammdurchmesser. Der musste gefällt werden, weil der schon total marode war und jeden Moment in sich hätte zusammenfallen können.«

»Wo stand denn dieser Baum?«, fragt Julian.

»Ich hab keine Ahnung. Auf jeden Fall nicht im Wald, sondern irgendwo mitten in der Stadt.«

»Könnte deine Tante das wissen?«

»Möglich.«

Olli posaunt los: »Na, dann gehen wir jetzt runter, fragen sie und machen uns dann vom Acker!«

»Sag mal, noch auffälliger gehts auch nicht, oder?«, grätscht WannaBe dazwischen. »Ich schlage vor, wir gehen jetzt runter und du verwickelst Tante Maren in ein Gespräch über unseren Park, Julian. Dir kauft sie das ab, dass dich das echt interessiert. Und dann werfen wir die Story vom monströsen Baum ein, den mein Uropa gefällt hat.«

Tante Maren steht im Wohnzimmer vor einer Leinwand, schwingt ihren Pinsel wild umher, während sie eine alte Schallplatte hört und lauthals mitsingt. Julian schaut erstaunt zu WannaBe rüber.

»Ja, auch das ist normal«, meint er und zeigt seiner Tante hinter ihrem Rücken den Vogel. Dann räuspert er sich und Maren dreht sich um.

»Jungs! Habt ihr mich erschreckt!« Sie wendet sich Julian

zu. »Und du gehörst doch eigentlich ins Bett!«

»Mir gehts schon wieder viel besser. War vielleicht einfach die Zugfahrt, davon wird mir immer ein bisschen schlecht.«

»Okay, na dann lassen wir es trotzdem lieber noch langsam angehen. Frau Lehmann von nebenan hat wieder Unmengen an Kuchen mit ihren Erdbeeren aus dem Garten gebacken und vorhin was vorbeigebracht. Habt ihr Lust?«

»Was, die lebt noch?«

»Ja, man mag es kaum glauben. 75 Jahre alt, immer noch topfit und die beste Bäckerin, die ich kenne«, antwortet Tante Maren schmunzelnd.

Julian hat gerade seinen ersten Bissen vom Erdbeerkuchen genommen, da bekommt er schon WannaBes Ellbogen in die Rippen gerammt.

»Au!«, murmelt er.

»Was?« Tante Maren schaut auf.

Julian versucht, schnell irgendetwas zusammenzustammeln. »Ehm ... Ich wollte fragen ... Weißt du, wie lange es den Park bei uns in der Stadt schon gibt? Wenn ich am frühen Morgen Ameisenkolonien beobachte, grübel ich manchmal, wie lange die dort wohl schon existieren könnten.«

»Ach, bleiben Ameisen etwa immer am gleichen Ort? Hätte ich gar nicht gedacht.«

Julian zuckt mit den Schultern. »Das versuche ich aktuell zu erforschen. Weißt du, seit wann es den Park gibt? WannaBe hat mir von einem riesigen alten Baum erzählt, den sein Uropa gefällt hat. Aber der steht woanders, oder? Da würde ich echt gern mal auf Insektensuche gehen.«

»Als ich klein war, gab es den Park noch nicht. Die Jungs hier waren aber auf jeden Fall schon auf der Welt, als der angelegt wurde. Keine Ahnung, zehn Jahre ist der vielleicht alt. Kann ich dir nicht genau sagen. Aber der alte Baum, den Opa gefällt hat, stand dort nicht, da hast du recht.«

»Wo stand der denn? Gibts den Baumstumpf noch?«

»Puh, weiß nicht, ob der mittlerweile komplett beseitigt wurde. Ich bin ja schon vor über 15 Jahren weggezogen. Aber ich glaube, er war ungefähr da, wo jetzt eure Poststelle ist. Es gab einen riesen Aufschrei, als der gefällt werden sollte. Der war wohl schon mehrere hundert Jahre alt.«

Die Jungs schauen sich ganz aufgeregt an, versuchen aber, sich nichts anmerken zu lassen. WannaBe ist heilfroh, dass sie so schnell herausgefunden haben, wo die Suche loszugehen scheint. Jetzt müssen sie sich nur noch heimlich aus dem Staub machen.

Der Abend ist angebrochen. Die Jungs haben gerade gemeinsam mit Tante Maren den Horrorfilm geschaut, den sie extra ausgesucht hatte, sich die Bäuche mit Pizza vollgestopft, und verschwinden nun nach oben. Sie haben Maren erzählt, sie wollen noch ein paar YouTube-Videos gucken und würden dabei wahrscheinlich einschlafen. Der Plan ist natürlich ein ganz anderer.

Die drei warten, bis Maren auch ins Bett geht, um sich dann aus dem Haus zu schleichen. Sie wollen den letzten Abendzug zurück nach Hause nehmen, den Baumstumpf suchen, schnell den Schatz finden und mit dem ersten Zug am Morgen wieder zurückkommen.

Ja, das Vorhaben war riskant. Aber WannaBe will nicht mehr warten. Er will seinen Account zurückhaben, und zwar am liebsten gestern.

Es ist mittlerweile 23:30 Uhr. WannaBe steckt seinen Kopf aus dem Gästezimmer und sieht unten noch Licht brennen.

»Warum muss Tante Maren nur so eine Nachteule sein?«, flüstert er den Jungs genervt zu.

»Geh doch mal leise runter, vielleicht ist sie vor dem Fernseher eingeschlafen«, schlägt Olli vor. »Meiner Mama passiert das ständig.«

WannaBe nickt. Er schleicht die Treppe runter und linst ins Wohnzimmer. Siehe da, sein bester Freund hatte recht. Maren schläft tief und fest auf der Couch. Jetzt müssen sich die drei besonders leise rausschummeln.

WannaBe huscht zurück ins Zimmer.

»Okay, Jungs. Wir müssen jetzt ultra leise sein. Julian, hast du die Karte?«

»Ja, im Rucksack. Aber wollen wir nicht lieber bis morgen warten? Am Tag ist die Suche doch viel leichter, denkt ihr nicht?«

»Wer hat denn da Angst vom Horrorfilm bekommen?«, flüstert Olli mit einem Schmunzeln. »Keine Sorge, wir passen auf dich auf. Wenn jemand kommt, der uns was tun will, hau ich ihn um. Oder WannaBe besticht ihn mit einem Autogramm.« Leises Kichern bricht aus.

Als die drei aus dem Zimmer schleichen wollen, haben sie die Rechnung ohne Bobby gemacht. Die ganze Zeit hat er seelenruhig geschlafen, aber sobald man ihn alleine lässt, wird er unruhig. Er winselt vor sich hin, als wolle er sagen: »Hey, lasst mich nicht zurück, ich will mitsuchen!«

»Bobby, sei still und schlaf weiter«, zischt WannaBe.

Doch das lässt sich der kleine Dackel nicht gefallen. Er springt auf und stürzt aus dem Zimmer.

»Mist, jetzt weckt er Tante Maren!«, befürchtet der YouTuber. Doch die schläft erfreulicherweise so tief, dass sie den hechelnden Hund überhaupt nicht hört. Nun doch zu viert schlüpfen sie auf leisen Sohlen am Wohnzimmer vorbei durch die Haustür. WannaBe zieht sie ganz vorsichtig hinter sich zu und dann heißt es: rennen. Schnell weg vom Haus in Richtung Bahnhof, bevor Maren oder irgendwelche neugierigen Nachbarn die Jungs vielleicht vom Fenster aus sehen.

Dank der schnelleren Nachtzüge kommen die Jungs schon nach kurzer Zeit an ihrer Zielstation an. Zum Glück sind sie keinem Schaffner in die Arme gelaufen, denn genug Zeit, um noch Tickets zu kaufen, hatten sie nicht.

»Also, zur Poststelle müssen wir, stimmts?«, fragt der YouTuber noch mal nach.

Julian nickt. »Ja, genau.«

Keine zehn Minuten später stehen die vier vor dem Gebäude in der Innenstadt.

»Okay, und jetzt? Hier ist kein Baumstumpf«, stellt Olli stirnrunzelnd fest. »Hat uns deine Tante Quatsch erzählt?«

»Vielleicht wurde er wirklich komplett entfernt, bevor das Haus hier gebaut wurde und der Ort ist trotzdem richtig«, wirft Julian ein.

»Und wenn, woher sollen wir das wissen? Hier wird ja

wohl kaum eine Gedenktafel für einen alten Baum stehen. Und ich werde jetzt wohl kaum auf gut Glück von hier aus anfangen, nach dem dämlichen Schatz zu suchen. Am Ende stimmt das alles gar nicht und wir suchen völlig falsch.«

»Warst du schon mal im Gebäude drin?«, fragt ihn Julian.

»Was ist das denn für eine Frage? Na logisch.«

»Und gibts da Unebenheiten im Boden? Eine Erhöhung, ein Podest oder irgendwas, was darauf hindeuten könnte, dass da was drunter liegt?«

»Nein, gar nichts.« Plötzlich hören die Jungs ein Kratzen. Julian wird ganz blass im Gesicht.

»Ach komm, jetzt krieg dich wieder ein«, meint Olli lachend und klopft ihm auf die Schulter. Währenddessen sieht WannaBe sich um.

»Leute, wo ist Bobby denn hin?«, fragt WannaBe fast schon panisch. Er läuft hinter das Haus und geht ein paar Schritte in Richtung Dunkelheit. Das Kratzen wird immer lauter. Er zückt sein Handy, schaltet die Taschenlampe ein und erschrickt, als zwei Augen aufblitzen. Olli kommt sofort zu ihm gerannt, doch in dem Moment erkennt WannaBe, dass die Augen seinem Dackel gehören. Er scharrt an etwas Großem auf dem Boden.

»Du bist echt die beste Spürnase der Welt!«, ruft der YouTuber.

»Pscht! Willst du die halbe Nachbarschaft wecken?«, ermahnt ihn Olli.

Mittlerweile hat sich auch Julian ein paar Schritte weiter getraut.

»Was ist passiert?«, fragt er ganz aufgeregt.

»Bobby hat den alten Baumstumpf gefunden. Ich glaube, hier drunter leben Mäuse oder so was, die er jagen wollte«, antwortet WannaBe.

Sein Nachbar hat die Karte bereits ausgepackt und dreht sie vor seiner Nase hin und her. »Wow, das war ja fast schon Rekordzeit! Aber trotzdem wissen wir jetzt nicht, in welche Richtung wir laufen müssen.«

»Was? Das meinst du jetzt nicht ernst, oder?«, fragt WannaBe entgeistert.

»Also laut dem Kompass, der hier oben aufge-malt ist, müssen wir Richtung Osten. Aber wo ist denn hier Osten?«

»Na, wenn das einer wissen kann, dann ja wohl du!«

Der Nachbarsjunge gibt kleinlaut zu: »Ich hab keinen Kompass eingesteckt und mitten in der Nacht können wir uns auch nicht an der Sonne orientieren.«

»Toll, und jetzt?«

Die Jungs überlegen hin und her.

Plötzlich hat Olli eine Idee. »Wie geht der Spruch noch mal? Im Westen geht die Sonne auf?«

»Im Norden!« WannaBe rollt mit den Augen.

»Ehm, nein ... Die Sonne geht im Osten auf ...«, traut sich Julian kaum zu sagen.

»Oh ... peinlich«, murmelt WannaBe.

»Also wenn die Sonne im Osten aufgeht, dann ist das dort.« Olli zeigt in Richtung Bäckerei.

»Woher weißt du das denn jetzt?«, fragt der YouTuber völlig erstaunt.

»Wenn ich morgens joggen gehe, blendet mich die Sonne immer, wenn ich in diese Richtung laufe. Aber das kannst du ja nicht wissen, du schläfst ja immer bis mittags«, zieht Olli seinen Freund auf.

Julian schaut auf die Karte.

»Okay, dann müssen wir jetzt in diese Richtung am Wald vorbei. Dann sind hier Tropfen eingezeichnet. Gibts dort hinten ein Gewässer?«, fragt er.

»Ja, da ist ein kleiner Teich. Da haben wir als Kinder immer Enten gefüttert«, antwortet Olli.

»Sei ruhig ehrlich«, stichelt WannaBe.

»Okay, ich hab sie gejagt«, erzählt Olli lachend und die Jungs machen sich auf den Weg.

Julian versucht, ein Gähnen nach dem anderen zu verstecken, doch unentdeckt bleibt seine Müdigkeit nicht.

»Deine Schlafenszeit überziehen wir heute ordentlich, oder?«, scherzt der YouTuber.

»Ich bin eigentlich oft lange auf, aber Wanderungen mache ich nachts für gewöhnlich nicht mehr«, entgegnet der Nerd, dessen Beine immer schwerer werden. »Zum Glück sind wir gleich da. Meine Elektrolytmischung wollte ich mir eigentlich noch aufsparen.«

»Deine was?«, schaltet sich Olli ein.

»Elektrolyte sind Mineralien und nehmen Einfluss auf den Energiehaushalt«, erklärt Julian.

WannaBe und sein bester Freund schauen sich an und können sich ein Lachen nicht verkneifen.

»Julian, du bist echt eine Hausnummer. Ich kenne niemanden, der so ist wie du. Einfach cool, wirklich.« Der YouTuber grinst ihn an und der Nerd murmelt unsicher: »Danke?«

Am Teich angekommen, greift sich WannaBe die Karte.

»Also eigentlich sind ja hier nur sechs Punkte vermerkt. Wieso laufen wir denn jeden einzeln ab? Es reicht doch, wenn wir rausfinden, was das letzte Symbol hier darstellen soll, dorthin gehen und anfangen, zu graben«, merkt er an.

»Na ja, theoretisch geht das schon. Aber vielleicht sind ja auf dem Weg Hinweise versteckt. Oder Hilfsmittel, die wir brauchen, um den Schatz auszugraben. Wie bei einer Schnitzeljagd«, überlegt Julian.

»Du glaubst doch nicht wirklich, dass sich jemand, der vor hunderten von Jahren einen Schatz versteckt hat, extra eine Schnitzeljagd ausgedacht hat, oder?«, fragt WannaBe kopfschüttelnd.

»Wer weiß, vielleicht war das ein Pirat mit Sprung in der Schüssel? Der wollte sich noch einen Scherz aus der Schatzsuche machen, selbst wenn er schon lange tot ist.« Olli muss über seine eigenen Worte lachen. »Der geistert hier bestimmt noch rum. Vielleicht steht er gerade neben uns.« Olli legt seine Hand ganz vorsichtig und unauffällig auf Julians Schulter. Dieser zuckt heftig zusammen und schreit auf.

Die anderen Jungs lachen, doch Julian findet das gar nicht lustig.

»Ich wäre wirklich lieber bei Tageslicht hier.«

»Das geht aber nicht. Dann könnten wir nicht ungestört suchen, geschweige denn was ausgraben. Außerdem könnte dann jemand sehen, dass wir gar nicht bei Tante Maren sind, und uns an unsere Eltern verpfeifen«, erklärt WannaBe. »Also lasst uns das jetzt hier abkürzen und einfach rausfinden, was das letzte Symbol bedeutet. Umso schneller hab ich meinen Account wieder und unser kleine Angsthase hier kann zurück ins Bett.«

»Ich denke trotzdem, wir sollten den ganzen Weg gehen. Die Karte gibt es doch nicht ohne Grund«, wendet Julian ein.

»Wie wärs denn, wenn wir jetzt einfach zwei Punkte überspringen und direkt mit den letzten beiden weitermachen? Wäre das ein Kompromiss? Der ganzen Karte müssen nur die Trottel folgen, die nicht schlau genug sind, um schon eher rauszufinden, wofür spätere Symbole stehen.«

»Und was soll das sein?«, möchte Olli wissen und zeigt mit dem Finger auf die kleine Zeichnung, die den vorletzten Punkt markiert.

Die drei schweigen sich an. Niemand hat eine Ahnung, was das für ein komisches Zeichen ist.

# Kapitel 6

WannaBe, Olli und Julian stehen immer noch über die Schatzkarte gebeugt am Teich. Bobby hat sich mittlerweile in deren Mitte gelegt und wartet, dass er endlich weiterschnüffeln darf. Der YouTuber leuchtet mit seinem Handy auf die Karte und grübelt.

»Was soll das denn bitte sein?«

Alle schauen Julian an.

»Ich überlege die ganze Zeit, ob das ein Schriftzeichen sein kann. Vielleicht eine Hieroglyphe oder alte eine Rune«, schlägt dieser vor.

»Leute, wozu gibt es denn Google? Wir leben im 21. Jahrhundert!« Olli kann kaum fassen, dass er der Erste ist, der darauf kommt. WannaBe zückt sofort sein Smartphone.

»Soll ich jetzt ›Hieroglyphen‹ eingeben und dann gehen wir Millionen Suchergebnisse durch? Das dauert ja ewig!«

»Nein, warte. Wir machen eine Bildersuche«, erklärt Julian

und schießt ein Foto vom Symbol, was ihm eher schlecht als recht gelingt. Es ist schwer zu erkennen, doch er versucht sein Glück. Und siehe da, es gibt tatsächlich ein paar Treffer.

»Okay, also das ist schon mal keine Hieroglyphe, sondern eine Rune.«

»Und die bedeutet …?«, fragt WannaBe.

»Also Runen sind eigentlich nichts anderes als Buchstaben oder Laute der germanischen Sprache. Aber sie haben oft auch eine eigene Bedeutung.« Julian tippt weiter auf dem Handy herum und die anderen warten gespannt.

»Die hier heißt Perthro und die steht unter anderem für Neubeginn!« Stolz grinst er die Jungs an, doch das Lächeln verschwindet schnell wieder.

»Was denn für ein Neubeginn?«, fragt WannaBe.

»Das kann ja alles Mögliche sein!«, überlegt Olli laut. »Ein Umzug, ein Schulwechsel, ein neuer Job, eine frisch gesäte Pflanze …«

»Jetzt hol doch mal Luft!«, versucht der YouTuber ihn erfolglos zu unterbrechen.

»Ich habs! Ich habs! Neubeginn? Neues Leben?«

»Krankenhaus!«, wirft Julian ein und die zwei klatschen ab.

»Teilt ihr euch neuerdings schon ein Gehirn?«, kommentiert WannaBe das Ganze irritiert. »Das Krankenhaus kann es nicht sein. Das liegt in einer ganz anderen Richtung, das passt überhaupt nicht zum Weg auf der Karte.«

»Aber vielleicht stand das ja mal woanders«, wirft Olli ein.

WannaBe setzt sich auf die Wiese und stützt seinen Kopf in die Hände. »Jetzt wird das hier auch noch zur Rätselrunde. Das ist ja wie beim Quizabend im Seniorenheim.«

Bobby lässt sich neben seinem Herrchen fallen und schläft direkt wieder ein. WannaBe bückt sich, um ihn zu streichen, und plötzlich kommt ihm eine Idee. »Hey, ich erinnere mich gerade an was. Bobby hat vor kurzem gegen ein Metallschild gepinkelt. Das Ding sah aus wie eine Gedenktafel oder so, deshalb hab ich ihn da sofort weggezogen. Und ich glaube, da war so ein rotes Kreuz drauf, wie früher draußen an Krankenhäusern hing. Zumindest ist das in Filmen oft so.«

»Und wo steht das?«, hakt Olli nach.

»Gute Frage ... Also wir kamen wie immer aus dem Park, sind aber nicht direkt nach Hause gegangen. Ich sollte noch irgendwas für meine Mama mitbringen ...«, WannaBe grübelt und grübelt.

»Ich hab dich und Bobby vor kurzem mit einer riesigen Pflanze im Schlepptau zurückkommen sehen. Meinst du den Tag?« Julian erinnert sich noch gut daran. Es war wirklich eine monströse Pflanze gewesen.

»Ja, genau! Ich sollte so einen komischen Strauch aus der Gärtnerei mitbringen. Bobby kommt da immer so gern mit, weil die Besitzerin jedes Mal Leckerlis für ihn hat. Also sind wir nach der Gassirunde direkt dorthin gegangen. Und in der Nähe davon stand das komische Schild, glaube ich.«

»Na, dann gehen wir jetzt weiter den Wald entlang und am Park vorbei Richtung Gärtnerei. Da werden wir das Schild ja wohl finden«, drängelt Olli schon wieder.

»Hast du Hunger oder warum hast du es so eilig?«, fragt WannaBe schmunzelnd.

»Hier, Olli!« Julian wirft dem Sportler einen Müsliriegel zu.

»Wo hast du den denn jetzt her?«

»Das Gehirn verbraucht 20 Prozent unserer gesamten Energie, unter Anstrengung sogar noch mehr. Da können Schokoriegel manchmal Gold wert sein und ... «

Julian hat noch nicht mal zu Ende gesprochen, da drückt Olli ihm auch schon das leere Papier in die Hand. »Danke! Und jetzt weiter!«

Etwa eine Stunde sind die vier bereits unterwegs.

»Wir sind jetzt schon fünfmal um die Gärtnerei gelaufen.« Olli hat langsam die Nase voll und echt Hunger. »Ich hab gleich Julians ganzen Rucksack leer gegessen.«

Der Nerd nickt zustimmend.

»Das war hier irgendwo, ich bin mir sicher«, entgegnet WannaBe.

»Jungs? Wo ist denn eigentlich Bobby schon wieder hin?«, unterbricht Julian den YouTuber.

Die drei schauen sich suchend um.

»Bobby! Bobby, komm her!«, ruft WannaBe, aber keine Reaktion.

»Auch das noch! Was ist denn, wenn er jetzt nach Hause rennt, an der Tür rumkratzt und meine Eltern weckt? Dann kriegen wir Hausarrest, bis wir ins Gras beißen!«

Auf einmal hören sie ein Bellen aus der Ferne und der YouTuber rennt los.

»Bobby! Bell noch mal!« Als würde der Dackel genau verstehen, was sein Herrchen sagt, gibt er tatsächlich noch mal Laut, damit die Jungs seiner Stimme folgen können.

Der Hund ist gerade schwer damit beschäftigt, Mäuse im

Gebüsch zu verfolgen, und hat vor lauter Aufregung noch gar nicht entdeckt, was sich wenige Meter von ihm entfernt befindet.

WannaBe bleibt abrupt stehen. »Das ist die Tafel!«

Sie steht recht versteckt zwischen ein paar alten Eichen. Es scheint, als wäre hier ewig niemand mehr gewesen. Einen Rasenmäher hat die Wiese, auf der sie steht, sicher schon Jahre nicht mehr gesehen.

»Ja, ich habs euch doch gesagt! Guckt, da oben ist das Kreuz. Wie bei einem alten Krankenhaus.«

Julian beginnt vorzulesen: »In Erinnerung an die tapferen Ärzte und Krankenschwestern, die an diesem Ort selbstlos tausende Leben retteten.«

»Was ist denn hier nur passiert?«, fragt Olli.

»Hier oben steht groß eine Jahreszahl. 1353«, liest Julian weiter und überlegt. »1353 ... Das ist spätes Mittelalter. Da gabs hier ein höllisches Feuer, das die halbe Stadt niedergebrannt hat. Das ist mir so im Gedächtnis geblieben, weil in dem Jahr auch die Pest in Europa endete.«

»Woher weißt du denn so was?« Olli ist ganz erstaunt.

»Was fragst du überhaupt? Er ist ein wandelndes Lexikon«, bemerkt WannaBe mit einem Lächeln.

Julian lächelt schüchtern zurück.

»Aber wo genau der Schatz vergraben ist, wissen wir trotzdem noch nicht«, erinnert Olli die Jungs an ihre eigentliche Mission.

Julian packt die Karte wieder aus.

# Kapitel 7

»Also wenn wir hier jetzt tatsächlich am richtigen Punkt stehen, müssen wir noch ein Stückchen nach Südwesten zur letzten Station. Das umgedrehte ›U‹, das hier eingezeichnet ist, könnte ein alter Torbogen sein. Der wird hier definitiv nicht mehr stehen, aber vielleicht finden wir ein paar Überreste davon im Boden. Olli, weißt du zufällig auch, wo hier die Sonne morgens steht?«, fragt Julian.

»Klar, dort«, Olli zeigt zielsicher stadtauswärts an der Waldgrenze entlang.

»Julian ist Google in Person und du ein Kompass auf zwei Beinen. Und was kann ich?«, murmelt WannaBe fast schon deprimiert.

»Sag mal, hast du vergessen, warum wir das hier eigentlich machen? Du bist ein krasser YouTuber und so erfolgreich, dass du sogar schon Hater hast, die dich hacken. Das muss man erst mal schaffen!« Olli lacht und stößt seinem besten Freund mit der Faust an die Schulter.

»Ich weiß nicht, ob das was Bewundernswertes ist …«

»Du spinnst.« Damit setzt Olli sich entschlossen in Bewegung. Die anderen folgen ihm gespannt.

Nach ein paar Minuten des Schweigens ergreift der YouTuber das Wort. »Jahrhundertealte Überreste von irgendeinem Torbogen werden wir doch wohl kaum finden, oder? Da ist sicher schon irgendwas drüber gewachsen oder die sind mit der Zeit immer weiter im Boden abgesunken.«

»Wozu haben wir hier eigentlich einen Spürhund?«, wirft Olli ein.

»Er weiß doch gar nicht, wonach er suchen soll. Bobby braucht eine Fährte.«

»Vielleicht sollten wir ihn wirklich einfach mal schnüffeln lassen. Was haben wir denn zu verlieren?«

»Tiere haben einen sechsten Sinn für außergewöhnliche Dinge«, stimmt Julian Olli zu.

Mit einem »Okay, Bobby, such!« will WannaBe seinen Vierbeiner losschicken, doch der guckt ihn nur fragend an. Nach ein paar Sekunden geht er einfach los und spaziert gelangweilt durch die Gegend.

»Na, das hat ja mega geklappt ...«

Die Jungs laufen planlos umher und haben keinen Schimmer, wonach sie hier suchen. Langsam geht die Sonne über dem Park auf und die drei sind keinen Schritt weiter.

»Leute? Jetzt mal im Ernst. Das bringt doch hier überhaupt nichts. Und wir müssen echt zurück, bevor Tante Maren doch noch was merkt«, spricht WannaBe frustriert aus, was wohl alle denken. »Bobby ist auch schon wieder platt.«

Der Hund liegt im Gras und döst vor sich hin. Er hat sich auf den Rücken gedreht und streckt seinen Bauch in die Luft, als würde er zu Hause vor dem Kamin liegen.

»Also so hab ich Bobby draußen ja noch nie gesehen.

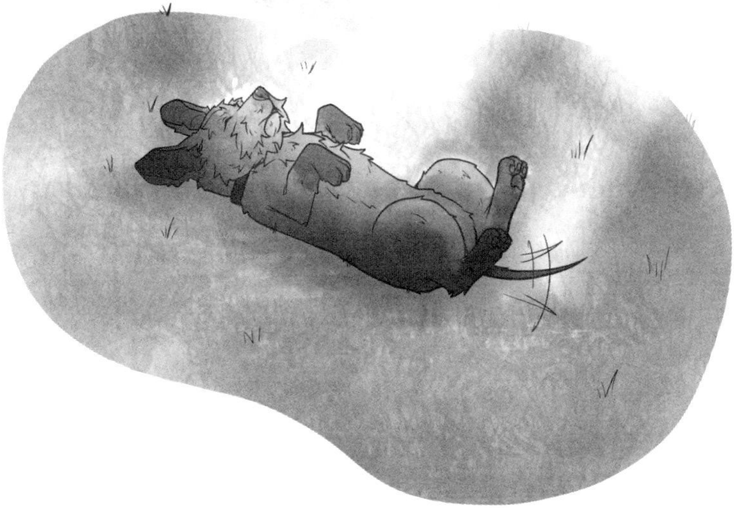

Sicher, dass es ihm gut geht?«, fragt Olli.

Julian geht rüber zur Spürnase und will ihr den Bauch streicheln, doch bleibt auf einmal wie angewurzelt stehen.

Die beiden anderen Jungs gehen irritiert auf ihn zu.

»Was hast du denn?«, möchte WannaBe wissen.

»Merkt ihr das nicht? Irgendwie ist es hier viel wärmer als da drüben. Bestimmt liegt Bobby deshalb hier. Und das knistert irgendwie auch. Als würde ein Feuer brennen oder ein Kabel schmoren. Aber ich seh nichts.«

WannaBe und Olli gucken sich verwirrt an.

»Ich glaube, jetzt spinnt er«, flüstert der YouTuber seinem besten Freund zu.

»Sicher, dass du nicht einfach nur übermüdet bist?«

»Geht noch mal ein paar Meter zurück und kommt wieder her. Dann merkt ihr es. Außerdem ist die Wiese hier total vertrocknet, überall anders aber saftig grün. Passt genau zur Wärme, die hier herrscht«, sagt Julian.

WannaBe läuft ein paar Schritte zurück, dann wieder vorwärts. »Olli, er hat recht. Also entweder spinne ich jetzt auch oder hier ist es wirklich viel wärmer.«

Julian geht langsam weiter.

»Wenn ich meinen Arm ausstrecke, kann ich das Knistern sogar spüren.« Der Nachbarsjunge möchte seine Hand wieder zurückziehen, aber es geht nicht. Panik bricht in ihm aus. »Jungs! Ich stecke fest!« Julian lehnt sich mit seinem ganzen Körpergewicht in die andere Richtung. »Was ist denn hier nur los!«

WannaBe rüttelt Julian an den Schultern und will ihn aus seinem Film zurückholen. Aber schnell merkt er, dass ihn tatsächlich etwas festzuhalten scheint. Der YouTuber zieht und zerrt an ihm, aber es tut sich nichts.

»Aua!«, ruft Julian. »Du reißt mich gleich in Stücke!«

WannaBe lässt los und der Nerd macht einen Satz nach vorne. Was auch immer es ist, es wird stärker und stärker. Er streckt seinen anderen Arm nach oben, als hielte er sich an irgendetwas fest, was die anderen Jungs nicht sehen können. Es scheint, als wäre da ein unsichtbarer Türrahmen, an den sich der Nachbarsjunge krallt. Mittlerweile schwebt sein gesamter Körper in der Luft.

»Ich kann mich nicht mehr lange halten!« Julian hat Todesangst. »Das ist genau wie im Horrorfilm von gestern Abend!«

WannaBe und Olli schauen einander entsetzt an. Der Sportler packt Julians Arm und zieht mit aller Kraft.

»Jetzt hilf mir doch mal, WannaBe!« Mit vereinten Kräften versuchen sie, Julian zurückzuholen, und sogar Bobby zerrt mittlerweile kräftig am Hosenbein seines Herrchens.

»Halt dich fest, Julian! Wir lassen dich nicht los!«, ruft Olli doch die Jungs können den Sog jetzt regelrecht hören. Es klingt, als stünden sie vor einem überdimensionalen Industriestaubsauger.

Das Geräusch wird fast schon unaushaltbar laut und WannaBe und Olli haben keine Chance mehr. Die mysteriöse Kraft reißt Julian mit und die beiden fallen nach hinten. Sie sehen ihn nicht mehr, hören aber, wie sich sein Schreien immer weiter entfernt. Noch bevor die Jungs aufstehen können, ist Bobby schon laut bellend hinterhergesprungen.

»Bobby! Julian! Nein!«

WannaBe geht hektisch auf und ab.

»Nein, das ist jetzt nicht passiert. Das ist wieder ein komischer Traum. WannaBe, wach auf. Wach auf!«, redet er sich selbst zu. Er schlägt sich immer wieder mit den Handflächen gegen die Wangen.

Olli sitzt nach wie vor auf der Wiese und starrt dorthin, wo Julian gerade verschwunden ist. Er ist leichenblass.

»Ich glaube, ich muss mich gleich übergeben«, stammelt er vor sich hin. Der sonst so mutige Sportler sitzt wie angewurzelt da.

»Ist das gerade echt passiert? Olli, ist das wirklich passiert? Normalerweise würde ich in so einem Moment aufwachen. Aber warum wache ich denn nicht auf?« WannaBe ist fassungslos.

»Jetzt lass mich doch mal kurz klarkommen!«, keift Olli. Plötzlich steht er auf, atmet tief durch und läuft schnurstracks auf den unsichtbaren Türrahmen – oder was auch immer das nun ist – zu.

»Bist du wahnsinnig? Bleib stehen!«

»Ich muss jetzt gucken, ob das wirklich passiert ist. Ich will wissen, ob es dort immer noch warm ist und knistert oder ob uns Julian hier gerade einfach nur einen extrem unlustigen Streich spielt!« Der Sportler geht weiter und streckt seinen Arm genauso aus wie Julian. »Ich werd verrückt«, flüstert er.

WannaBe kommt zu ihm und hebt seine Hand vorsichtig.

»Das kann doch nicht wahr sein … Und jetzt?«

»Wir müssen hinterher.«

»Weißt du, was wir nicht machen? Hinterherspringen! Du hast sie ja wohl nicht mehr alle!«, ruft WannaBe entsetzt.

»Wie sollen wir Julian denn dann zurückholen? Und Bobby?«

»Aber was, wenn wir alle für immer verloren sind?«

»Die haben Angst und sind vielleicht sogar in Gefahr!«

»Ich weiß! Aber wir brauchen erst mal einen Plan, damit wir alle wieder heil zurückkommen!«

WannaBe hat kaum ausgeredet, da springt Olli einfach hinterher.

»Das ist doch nicht sein Ernst!«, schimpft der YouTuber, nimmt all seinen Mut zusammen und rennt ebenfalls los.

# Kapitel 8

»AAAAAAAHHHHHHHH!!!!!!!«

WannaBe fällt und fällt – genau wie in seinem Traum.

»Au! Aua!«

Der YouTuber liegt auf dem Boden und weiß gar nicht, wie ihm geschehen ist.

»Wenn man sich den Hintern brechen kann, ist genau das gerade passiert«, flucht er. »Wo sind denn bloß die anderen? Olli? Bobby? Julian?«

Er schaut sich um, entdeckt aber niemanden. Doch etwas anderes fällt ihm auf.

»Hey, das kenn ich doch von irgendwoher ... Wo bin ich denn hier gelandet?«

Der YouTuber ist völlig verwirrt. Er sitzt auf einer saftig grünen Wiese, um ihn herum reiht sich ein majestätischer Baum an den anderen und in der Ferne sieht er einen türkisfarbenen Wasserfall toben.

Der YouTuber rappelt sich auf und will seine Klamotten richten. »Mein Fortnite-Skin ...« Er schaut an sich herunter und kann nicht glauben, was er dort sieht. »Warte, was? Ich hab meinen Fortnite-Skin an!«

*Irgendwie fühl ich mich auch total komisch. Ganz leicht und total stark, als könnte mir niemand etwas anhaben. Und warm und stickig ist es, puh … Als hätte das Portal schon einen Vorgeschmack auf die Temperaturen hier gegeben.* Der YouTuber versucht trotz der vielen neuen Eindrücke, seine Gedanken zu sammeln.

*Wenn jetzt hier alles wie vorletzte Nacht ist, bin ich einfach nur wieder in meinem bescheuerten Traum. Also hinlegen, mich von Bobby wecken lassen und gut ist.*

WannaBe ist fest davon überzeugt, dass er gerade einfach nur extrem realistisch träumt. Er legt sich hin, schließt die Augen und … nichts.

Verunsichert öffnet er sie wieder. »Das kann doch nicht wahr sein! Wer versucht denn hier, mich zu veräppeln? Bobby, jetzt weck mich doch bitte wie sonst auch!«

WannaBe steht kurz davor, in Panik auszubrechen, als er plötzlich eine bekannte Stimme hört: »Jetzt steh auf und komm her! Wir brauchen hier Hilfe!«

Es ist Olli.

»Wo seid ihr denn? Ich sehe euch nicht!«, ruft der YouTuber, der um sich herum nur Hügel und Büsche erblickt.

»Wir sind hier! Jetzt beeil dich!«

WannaBe folgt der Stimme seines Freundes, kämpft sich durch die dicht gewachsenen Pflanzen und endlich entdeckt er ihn. Olli kniet auf der Wiese und beugt sich nach vorn.

»Olli, bist du das wirklich?«, fragt der YouTuber irritiert.

»Wer soll denn sonst nach dir rufen? Ja, ich weiß, ich sehe aus wie bei Fortnite. Aber wir haben gerade ganz andere Probleme!« Olli deutet vor sich.

Da ist noch jemand, der aussieht, als wäre er gerade dem Game entsprungen. Das kann nur Julian sein. Er liegt regungslos da. Olli hat ihn an sich gezogen, den Kopf des neuen Freundes auf seinen Schoß gelegt und versucht, ihn mit sanften Klapsen zu wecken.

»Er wacht einfach nicht auf … Immerhin atmet er.«

Ein golden schimmernder Bobby leckt Julian besorgt über das Gesicht. Genau so weckt er WannaBe immer, wenn der einen schlechten Traum hat. Der Hund versteht nicht, warum das bei Julian nicht klappt, er springt auf und rennt aufgeregt Runden um sie herum.

»Julian! Hey, Julian! Genug geschlafen!«, ruft er.

WannaBe reißt seine Augen auf und schaut erst schockiert seinen Hund an, dann Olli.

»Ja, jetzt raste nicht aus. Bobby kann reden. Und sein Fell ist auch anders. Frag nicht, warum. Anscheinend liegt das an dieser Welt. Das ist jetzt aber erst mal echt unwichtig. Wir müssen Julian wachkriegen!«

»Wir halten ihm ein Stück Wurst unter die Nase!«, ruft Bobby schwanzwedelnd. Er klingt wie eine Figur aus einem Animationsfilm mit aufgeregt-quietschiger Stimme und die Worte sprudeln wie in doppelter Geschwindigkeit aus ihm heraus.

WannaBe zuckt zusammen. Er muss sich noch daran gewöhnen, dass sein kleiner Weggefährte auf einmal sprechen kann. »Julian ist kein Hund, Bobby. Das klappt bei ihm nicht.«

»Dann stupse ich ihn jetzt so lange mit meiner nassen Nase an, bis er aufwacht!«

»Ach, Bobby ...« Der YouTuber seufzt und sieht sich suchend um. »Ist Julians Rucksack hier irgendwo? In diesem halben Survival-Koffer muss doch was Brauchbares drin sein.«

»Neben mir, hab schon reingeguckt. Keine Ahnung, was das alles für Zeug ist, ich wollte ihm nichts Falsches geben.«

»Bring ihn erst mal in die stabile Seitenlage.«

»Okay, warte. Flach hinlegen.« Olli steht auf und legt Julians Kopf sanft auf dem Boden ab. »Linken Arm angewinkelt nach oben legen, rechtes Bein aufstellen. Dann die rechte Hand links neben das Gesicht legen und ihn auf die linke Seite drehen. Kopf strecken und fertig«, murmelt Olli vor sich hin und wischt sich einen Schweißtropfen von der Stirn. »Endlich zahlt sich der Erste-Hilfe-Kurs mal aus, zu dem Mama mich letztes Jahr gezwungen hat.«

WannaBe hat in der Zwischenzeit eine kleine Dose aus dem Rucksack gefischt. »Guck mal! Oder eher: Riech mal.« Der YouTuber hält seinem Freund den Fund unter die Nase.

»Boah, was ist das denn? Nimm das weg! Das riecht ja wie zwanzig Parfüms, Cremes und Mädchenkram zusammen!«

»Ich glaube, das ist Riechsalz. Meine Oma hatte früher immer eine ähnliche Dose dabei und wenn sie was mit dem Kreislauf hatte, hat sie daran gerochen. Das Zeug hat auch richtig schlimm nach ekelhaftem Parfüm gestunken«, erzählt WannaBe. »Vielleicht ist das auch so was.« Und mit diesen Worten hält er Julian die geöffnete Dose hin.

Der Ohnmächtige regt sich endlich. Er rümpft die Nase, kneift seine Augen noch weiter zusammen und hält sich eine Hand vors Gesicht. Sofort ist Bobby zur Stelle und schleckt über seine Wange.

»Igitt«, murmelt Julian noch ganz verschlafen und dreht sich auf den Rücken. »Was soll denn das? Wieso liege ich auf einer Wiese?«

»Du wurdest vorhin von diesem unsichtbaren Zauberding eingesogen, schon vergessen?«, entgegnet WannaBe.

»Was? Boah, mir tut alles weh ... Und warm ist es hier! Was habt ihr mit mir gemacht? Das ist doch irgendein dummer Scherz von euch. Mir ist das zu blöd, ich geh zurück!«

»Das kann doch nicht dein Ernst sein! Wir sind dir hinterhergesprungen, um dich zu retten!«, ruft der YouTuber empört aus.

»Krieg dich ein! Er hat eindeutig keine Ahnung, was passiert ist.« Der Sportler erzählt Julian von der Schatzkarte, der nächtlichen Suche und dem unsichtbaren Türrahmen.

Doch der will davon gar nichts wissen.

»Was versuchst du mir denn hier einzureden? Unsichtbarer Türrahmen … Gib dir doch wenigstens ein bisschen Mühe, wenn du mir schon Märchen auftischen willst!«

»Das ist aber genau so passiert! Hier, guck auf dein Handy und schau dir deine letzten Standorte an! Du hast mir doch beim Grillen erzählt, dass du die immer automatisch speichern lässt, um das Ende alter Fährten wiederzufinden. Die passen hundertpro genau zu dem, was ich dir gerade erklärt hab!«

Julian entsperrt sein Smartphone. »Aber … Na aber … Laut Standort sind wir zu Hause im Park, aber das stimmt doch gar nicht! Wo habt ihr mich hier hingebracht? Warum sieht denn alles aus wie animiert? Oder machen wir gerade irgendwelches Virtual-Reality-Zeug?« Julian schaut sich ungläubig um.

»Wir haben leider selbst keine Ahnung, was los ist. Wir sind durch dieses unsichtbare Ding gesprungen, in das du reingezogen wurdest, und als ich ankam, lagst du hier bewusstlos auf dem Boden. Olli hat sich um dich gekümmert und Bobby ist wie ein Wahnsinniger um dich herumgerast. Der ist dir übrigens sofort hinterhergehüpft. Ach ja, warum er golden ist, wissen wir nicht und reden kann er plötzlich auch.«

»Ich konnte schon immer reden, ihr habt mich nur nie verstanden!«, empört sich der Dackel.

Julian reißt seine Augen noch weiter auf. »Sind wir hier in einem Paralleluniversum, oder was?«

»Das hab ich auch schon überlegt«, sagt Olli. »Ich meine,

wir stecken alle in Skins, Bobbys Bellen klingt für uns wie Menschensprache und ich weiß ja nicht, wie ihr das seht, aber ich bin mir sehr sicher, dass ich diese ganzen Landschaften hier auch aus dem Game kenne. Oder, WannaBe?«

»Du hast recht. Das sieht hier alles aus wie im Spiel. Wurden wir echt in die Videospielwelt gezogen? Oder ist das Game vielleicht wirklich real und die Charaktere, die wir die ganze Zeit spielen, sind wir selbst, aber in einem anderen Universum?«

»Jetzt wirds mir hier zu philosophisch«, unterbricht ihn Olli. »Mir ist es ehrlich gesagt völlig egal, ob wir jetzt irgendwie in ein Spiel gekommen sind oder uns in einem anderen Universum befinden. Auf jeden Fall ist das kein Traum, weil sich dafür alles viel zu real anfühlt. Mich interessiert gerade nur, wie wir hier wieder rauskommen.«

Auf einmal klingelt WannaBes Handy. »Wer ruft mich denn jetzt bitte per Video an?«

»Wollen wir vielleicht mal lieber darüber reden, dass unsere Handys hier überhaupt funktionieren? Das heißt, wir können Kontakt zu unserer Welt aufnehmen!«, wirft Olli begeistert ein.

»Geh ran, WannaBe!«, merkt nun auch Julian an.

»Bist du wahnsinnig?«, entgegnet der YouTuber.

»Doch, geh ran, vielleicht sind das die Hacker! Und halte die Kamera zu, damit sie nicht sehen, wo wir sind!«

»Und genau deshalb bist du unser Superbrain«, sagt Olli und will mit Julian abklatschen. Doch der steht noch zu sehr neben sich, um das zu begreifen. Also gibt Olli sich den High five eben selbst.

WannaBe hält seinen Finger vor die Frontkamera, nimmt den Anruf an und wartet. Julian hatte recht. Es erscheinen wieder mehrere Personen, alle komplett schwarz vermummt. Einer von ihnen fängt mit tiefer Stimme an zu sprechen.

**»So schnell sehen wir uns also wieder, WannaBe. Wer hätte das gedacht? Du musst deinen Finger übrigens nicht auf die Linse halten. Wir wissen eh, wo ihr seid. Sonst würden wir nicht anrufen.«**

WannaBe wird blass und schaut seine Freunde völlig entgeistert an.

**»Wir wissen auch, dass du noch zwei Jungs mit reingezogen hast. Tut mir jetzt schon leid für euch beide!«**, spottet der Anführer. **»Ja, wir haben unsere Augen und Ohren überall. Wir dachten eigentlich, ihr wärt schlauer, als durch das Portal zu gehen, ihr Idioten. Aber gut für uns. Jetzt haben wir euch genau da, wo wir wollen.«**

»Portal?«, flüstert WannaBe den anderen verwundert zu.

Olli und Julian sind genauso perplex.

Der Anführer spricht selbstgefällig weiter: **»Wir haben das Portal auch gefunden, aber wir sind ja nicht so bescheuert wie ihr. Du kamst uns direkt in den Sinn, als wir nach jemandem gesucht haben, der für uns die Drecksarbeit macht. Dich muss dringend mal jemand von deinem Höhenflug runterholen, WannaBe. Du denkst, du bist der krasseste Gamer,**

**den die Welt je gesehen hat, oder? Dann zeig doch mal, was du so kannst!**« Und mit diesen Worten legen die Hacker auf.

»Was bilden die sich eigentlich ein?« Olli kocht vor Wut und boxt zornig mit der Faust gegen einen Baum. »Niemand redet so über meinen besten Freund! Niemand! *Höhenflug*, im Ernst? Die sind nur neidisch! Ich habs von Anfang an gesagt: Hater!«

WannaBe lässt sich ins Gras fallen und stützt seinen Kopf in seine Hände. »Die haben also nur nach jemandem gesucht, den sie manipulieren können. Wie konnte ich eigentlich so dumm sein?«

»Woher hättest du das denn wissen sollen?«, versucht Julian, ihn zu beruhigen.

Bobby setzt sich neben den YouTuber, stößt ihn mit der Nase an und spricht: »Genau, du kannst gar nichts dafür! Du bist das beste Herrchen der Welt!«

»Danke, Bobby«, murmelt WannaBe und streichelt seinem Vierbeiner durch das schimmernde Fell. Dieser schleckt ihm freudig über die Wange.

»Wir können jetzt aber nicht einfach rumsitzen, Leute. Wir müssen irgendwie einen Weg nach Hause finden. Oder zu den Hackern«, sagt Olli.

»Oder zum Schatz«, wirft Julian ein.

»Zum Schatz? Spinnst du? Wir machen doch jetzt nicht wirklich das, was diese dämlichen Typen wollen!«, entgegnet WannaBe aufgebracht.

Doch Julian lässt nicht locker. »Was ist denn, wenn zum Schatz ein Portschlüssel gehört? Wer ihn findet, hat die Mission erfüllt und kann theoretisch wieder nach Hause.

Vielleicht ist das, was wir suchen, nicht einfach nur wertvoll, sondern gleichzeitig unser Weg zurück nach Hause?« Die beiden anderen Jungs schauen einander skeptisch an. »Habt ihr denn noch nie Fantasyromane gelesen?«

»Die Frage meinst du jetzt nicht ernst, oder?«, erwidert der YouTuber.

»Ich besitze nicht mal Bücher«, antwortet Olli.

Julian erklärt: »Also in den meisten Büchern, in denen Portale vorkommen, ist irgendwo so was wie ein Transportschlüssel versteckt. Wenn die Aufgabe erfüllt ist – wie auch immer die aussieht – kommen die Helden damit wieder zurück nach Hause. Und da wir ja anscheinend auch durch ein Portal gegangen sind, müssen wir bestimmt etwas Ähnliches finden. Oder der Schatz selbst ist eben der Portschlüssel und wenn wir ihn alle anfassen, landen wir wieder in unserer Welt.«

»Als ob«, antwortet WannaBe und zieht zweifelnd eine Augenbraue in die Höhe.

»Na ja, das ist bis jetzt unsere einzige Hoffnung, oder?«, überlegt Olli laut.

»Ich denke schon«, pflichtet Julian ihm bei.

# Kapitel 9

»Ich fasse es nicht, dass uns das wirklich passiert ist«, schimpft WannaBe vor sich hin. Die Jungs stehen immer noch an Ort und Stelle.

»Wo genau sind wir denn jetzt überhaupt?«, fragt Julian, der keinen Schimmer vom Zocken hat. »Und wieso sehen wir eigentlich so komisch aus?«

»Ach, stimmt, du warst ja noch ohnmächtig«, meint WannaBe. »Also ich glaube, wir sind echt in der Videospielwelt. Die gesamte Umgebung sieht genau so aus und wir haben auch Skins an. Hast du nicht gesagt, dass du noch nie Computer gespielt hast?«

»Hab ich auch nicht ...«

»Dann hat es die Welt hier aber echt gut mit dir gemeint, dich gleich in einen Rare Skin zu stecken!«

»In einen was?«

»Na, deine Klamotten! Du trägst einen Rare Skin! Das ist echt ungewöhnlich für Anfänger.«

Julian inspiziert völlig verwirrt sein Aussehen. »Ich hab keine Ahnung, wovon du redest, aber das scheint was Gutes zu sein, oder?«

»Ja, nicht mal ich hab so einen!«, merkt Olli an.

»Das liegt aber nicht daran, dass du keinen haben könntest, sondern daran, dass es dir einfach egal ist.« WannaBe lacht kopfschüttelnd.

Die Jungs schauen sich genauer um.

»Und jetzt?«, fragt Olli ungeduldig.

»Ich vermute mal, wir brauchen ab jetzt vorrangig die Gaming-Skills von WannaBe. Ich kenne mich in dieser Welt ja überhaupt nicht aus«, antwortet Julian geknickt.

Der YouTuber hingegen ist ganz in seinem Element und fängt an, seine Gedanken zu teilen. »Also angenommen, wir sind echt im Game gefangen, dann müssten wir erst mal gucken, in welchem Modus wir spielen. Ich geh mal davon aus, wir spielen hier Battle Royale. Alles andere macht keinen Sinn.«

»Aber ich hab gar keine Ahnung vom Zocken!«, jammert Julian. »Und Bobby ... Bobby ist nun mal ein Hund.«

»Hey, was soll das denn heißen? Ich kann auch helfen!«, beschwert sich der Dackel.

»Ja, natürlich kannst du das«, beruhigt ihn WannaBe. »Deshalb spielen wir auch als Viererteam.«

»Na aber ...«, beginnt Julian zu protestieren, ergibt sich aber sofort seinem Schicksal. »Und wo sind in solchen Spielen Schätze versteckt? Wo müssen wir hin?«

»Steht auf der Karte nichts?«, fragt Olli.

Julian kramt die Schatzkarte wieder aus seinem Rucksack und rollt sie auseinander. »Moment mal. Die sah doch vorhin noch ganz anders aus! Guckt mal!«, fordert er erstaunt die anderen Jungs auf.

»Vielleicht hat die Karte wie wir auch ein neues Styling verpasst gekriegt«, meint Olli grübelnd.

»Das könnte echt sein«, entgegnet Julian. »Wenn es uns jetzt plötzlich in einer Art Fortnite-Version gibt, ist das bei der Karte vielleicht auch so.«

»Seht ihr, ich hab euch doch gesagt, unsere Karte war unvollständig! Hier ist jetzt wirklich ein Kreuz eingezeichnet! Was hier aber fehlt, sind die gestrichelten Linien. Anscheinend müssen wir uns selbst den kürzesten Weg suchen«, sagt WannaBe, der über Julians Schulter gelinst hatte. Der YouTuber schaut sich suchend um.

Er und seine Freunde stehen inmitten von Bäumen mit leuchtend grünen Blättern. Einige hundert Meter entfernt von ihnen erhebt sich der reißende Wasserfall in seinem intensiven Blau. In seiner Kopfzone ist ein kleines Wäldchen zu erkennen, dessen Bäume mit unzähligen kleinen Blüten gespickt sind. Die Wassermassen stürzen von einem Vorsprung in die Tiefe und glänzen im Licht, als wären sie flüssige Edelsteine. Sie landen in einem See, der fast schon einer Lagune ähnelt. Wo auch immer die Jungs gerade sind – es sieht aus wie im Paradies.

»Julian, gibst du mir noch mal die Karte?«, fragt der YouTuber.

»Klar, hier. Was ist denn?«

»Die ganze Landschaft … Wir sind so was von im Battle-Royale-Universum. Alleine schon, wie wir auf den Boden geklatscht sind. Genau so läuft das da doch auch. Nur dass man sich da nicht gefühlt alle Knochen bricht. Und guckt euch mal die Karte an. Die sieht mit ein bisschen Fantasie aus wie die aktuelle Map. Und das würde wiederum bedeuten, dass ich mich hier ganz leicht orientieren und uns durchführen kann.« WannaBe freut sich, endlich einen Schimmer der Hoffnung zu entdecken, und gibt die Karte zurück.

Olli freut sich ebenfalls. »Besser könnte es doch gar nicht sein! Dann wissen wir ja genau, wie wir hier am besten durchkommen!«

»Aber ihr habt was Wichtiges vergessen!«, ruft Bobby und hüpft aufgeregt umher. »Wir müssen erst mal unsere Futternäpfe finden!«

Die Jungs fangen an zu lachen. Julian packt die Karte wieder in den Rucksack und erklärt: »Menschen essen nicht aus Futternäpfen, Bobby. Aber du hast Hunger, oder?«

»Ja, immer!«

»Dann kannst du dich ja mit Olli zusammentun«, witzelt WannaBe.

»Aber jetzt mal im Ernst«, sagt Julian, »gibt es hier überhaupt Essen? Oder sind Dinge wie Hunger oder Müdigkeit nicht existent?«

»Also wirklich müde bin ich nicht«, stellt Olli fest.

»Ich auch nicht mehr als vorhin«, bestätigt Julian.

WannaBe überlegt. »Eigentlich isst oder schläft man bei Battle-Royale-Spielen nicht. Wozu sollte man auch so ein

Game entwickeln, nur damit sich der Character ständig ausruhen muss? Total lame. Ich geh mal davon aus, dass wir hier nicht essen oder schlafen müssen.«

»Aber ist es denn hier sicher? Oder müssen wir jederzeit damit rechnen, angegriffen zu werden?«, fragt Julian besorgt.

»Nein, also du wirst hier nicht sterben, so viel kann ich dir versprechen«, antwortet der YouTuber beschwichtigend.

»Ist das nicht so ein Ballerspiel?«

»*Ballerspiel.*« Olli muss lachen.

»Ja, es gibt hier auch Waffen«, erklärt WannaBe. »Aber wir sind hier in einem Spiel. Und selbst wenn der Character verletzt wird, stirbt doch der Spieler im realen Leben nicht.«

»Wir sitzen aber nicht vor dem PC, sondern sind in echt hier.« Julian ist immer noch nicht überzeugt.

»Ja, das stimmt. Aber trotzdem stirbt hier keiner. Vertrau mir mal.« Dem YouTuber wird bei dem Gedanken selbst etwas flau im Magen, denn so sicher, wie er tut, ist er sich da nicht. Aber er möchte seinen neuen Freund nicht noch mehr beunruhigen.

»Außerdem ist WannaBe einer der besten Fortnite-Spieler, die es gibt. Mit ihm zusammen können wir gar nicht in Gefahr kommen.«

»Ach, komm, jetzt übertreib doch nicht«, antwortet WannaBe schmunzelnd seinem besten Freund.

»Stimmt, du hast nur so übertrieben viele Follower, weil du so sympathisch bist«, witzelt sein bester Freund als schon wieder das Handy des YouTubers klingelt.

Bobby und die Freunde zucken erschrocken zusammen.

»Sind das schon wieder die Hacker?«, will Olli wissen.

»Nein, das ist Maren! Und jetzt?«, fragt WannaBe aufgeregt.

»Na, du musst rangehen und dir irgendwas einfallen lassen, warum wir nicht da sind!«

»Ähm ... Okay ... Moment ...«

»Jetzt geh ran!«, rufen Olli und Julian im Chor.

»Ist ja gut!« WannaBe nimmt den Anruf an: »Hallo, Tante Maren«, begrüßt er sie mit unsicherer Stimme.

»Stell auf Lautsprecher!«, flüstert Olli.

Und schon hören die Jungs Maren zetern: ***»Wo um alles in der Welt seid ihr denn? Habt ihr schon mal was davon gehört, dass man Bescheid sagt, bevor man einfach verschwindet?«***

»Oha, die ist ja richtig sauer«, murmelt Olli leise.

WannaBe versucht, die Lage zu retten. »Wir haben dir eigentlich einen Zettel hingelegt, weil wir dich nicht wecken wollten«, lügt er. Natürlich hatten sie keinen Zettel geschrieben, sie wollten ja schon längst wieder zurück sein.

***»Hier ist kein Zettel!«***

»Wir haben ihn in die Küche gelegt«, flunkert WannaBe weiter. Vielleicht wurde er irgendwohin geweht, das Fenster war doch offen.«

»Gut beobachtet!«, lobt ihn Julian leise.

***»Okay, ist ja auch egal. Sagst du mir jetzt, wo ihr seid, oder spielen wir Verstecken? Ich dachte eigentlich, ihr wärt zu alt für so was.«***

»Wir sind schon ziemlich früh los, weil ...« WannaBe überlegt kurz, »... weil Julian hier im Stadtgarten irgendwelche Raupen suchen wollte! Und ... Und die sind nur am frühen Morgen aktiv, weil sie ...«

»Weil sie Morgentau trinken«, raunt ihm Julian zu.

»Weil sie Morgentau trinken!«, wiederholt WannaBe und atmet tief durch. Ein bisschen stolz ist er ja schon auf seine spontanen Ausredekünste.

***»Ach so, sag das doch gleich.«*** Maren spricht jetzt mit deutlich freundlicher Stimme. ***»Und wann seid ihr wieder zurück? Soll ich euch was zum Mittag kochen oder sehen wir uns erst heute Abend?«***

WannaBe schaut seine Freunde fragend an.

Plötzlich springt Bobby auf und ab und ruft: »Ich hab jetzt schon Hunger!«

»Pscht!«, machen die drei Jungs gleichzeitig und der Dackel schaut ganz betroffen.

***»Wer war das denn?«***

»Ach, hier sind ein Haufen Kinder. Die haben wohl nichts zum Frühstück gekriegt«, erwidert WannaBe schnell, um die Lage zu retten.

Zum Glück scheint Maren ihnen die Geschichte abzukaufen. ***»Also, wann kommt ihr wieder?«***

»Ich denke mal, wir sind den ganzen Tag weg«, antwortet der YouTuber. »Du bist ja eh bis abends im Atelier. Hast du gestern zumindest gesagt.« Selbstverständlich hatte Maren das nicht gesagt, aber WannaBe pokert jetzt einfach.

***»Ach, hab ich das?«*** Seine Tante schweigt kurz, als würde sie überlegen, doch der Plan scheint aufzugehen. ***»Daran erinnere ich mich zwar nicht, aber gut. Dann fahr ich rüber und wir sehen uns heute Abend? Stadttour dann morgen?«***

»Ja, machen wir so!«, ruft WannaBe erleichtert ins Telefon. »Bis später!«

***»Bis dann, Jungs!«***

WannaBe legt auf. Die Erleichterung steht ihm ins Gesicht geschrieben.

»Okay, wir haben jetzt etwa zwölf Stunden Zeit, wenn wir bedenken, dass wir auch noch zurückfahren müssen«, stellt Julian mit einem Blick auf seine Armbanduhr fest.

»Kannst du noch mal zeigen, wo das Ziel genau eingezeichnet ist?«, fragt WannaBe

Der Nachbarsjunge holt die Karte wieder aus seinem Rucksack, rückt seine Brille zurecht und die drei verschwinden mit ihren Köpfen dahinter.

»Also, wir sind jetzt hier.« Er zeigt mit dem Finger auf das Papier. »Zumindest ist hier auch so ein kleiner Pfeil eingezeichnet wie auf der anderen Karte. Und das Kreuz ist da schräg oben auf der Map, also ganz im Nordosten. Wenn wir den kürzesten Weg gehen wollen, müssen wir erst mal irgendwie über diesen Wasserfall kommen. Drum herumlaufen geht nicht. Da sind viel zu viele Berge und Dickicht.«

»Ja! Im Wasser toben!«, ruft Bobby freudig und wird dafür ordentlich von Olli gekrault.

»Du siehst auch echt in allem ein Spiel, oder?«, fragt er lachend.

»Ja, logisch. Die ganze Welt ist ein Spielplatz!«, antwortet der kleine Dackel freudig hechelnd.

»Nachdem wir den Wasserfall gemeistert haben, müssen wir durch ... keine Ahnung, was das hier sein soll, hier sind nur kleine Quader zu sehen«, spricht Julian weiter.

»Das könnten Container sein, also vermutlich der Trailerpark«, erklärt WannaBe. »Wir sind jetzt noch unterhalb vom Wasserfall. Der Trailerpark ist dann weiter nordöstlich. Das heißt, wir müssen erst mal da raufklettern und dann das Gewässer oben überqueren. Hier haben wir keine Chance.«

»Okay, und danach?«, will Olli wissen.

»Das ist bestimmt die alte Wohnsiedlung«, sagt der YouTuber und zeigt mit dem Finger auf drei kleine Häuser, die auf der Karte verewigt wurden. »Aber was das Letzte sein soll, weiß ich auch nicht. «

»Also da ist ein großer Platz mit einem angedeuteten Gittermuster eingezeichnet. Hast du trotzdem eine Idee, was das sein könnte, WannaBe?«, fragt Julian.

»Daran kann ich mich gerade nicht erinnern. Vielleicht einfach ein Parkplatz. Aber lasst uns doch jetzt erst mal losgehen. Wir können währenddessen weiter über den Weg herumraten. Hauptsache, wir fangen mal an, die Zeit bleibt schließlich nicht stehen«, drängelt der YouTuber.

Also marschieren die Jungs los in Richtung Wasserfall. Julian ist etwas mulmig zumute, denn er weiß genau, wie viel Kraft solche Wassermassen haben. WannaBe ist dagegen ruhig und konzentriert. Er will einfach nur ankommen und die Sache abhaken. Olli hingegen schaut sich interessiert um und läuft voller Elan neben den anderen zwei Jungs her. Er und Angst oder Zweifel? Nein, definitiv nicht. Er sieht das Ganze als großes Abenteuer und da stimmt auch Bobby zu. Der kleine Dackel rennt voraus, bleibt an jeder Ecke stehen, schnüffelt und rast freudig immer wieder um sie herum.

# Kapitel 10

»So weit weg sah der dämliche Wasserfall doch gar nicht aus«, schimpft WannaBe. »Wie lange laufen wir jetzt schon?«

Julian schaut auf sein Handgelenk: »Über eine halbe Stunde …«

»Im Ernst jetzt? Wenn sich das alles so in die Länge zieht, sind wir heute Abend definitiv nicht zurück!«

»Nein, auf gar keinen Fall … Wir brauchen irgendein Fortbewegungsmittel. Gibts hier so was?«, fragt der Nachbarsjunge.

WannaBe überlegt kurz: »Na ja, im Battle Royale gibt es Autos … Wir müssen nur eins finden.«

»Aber auf der Karte war doch möglicherweise ein Parkplatz eingezeichnet, hast du gesagt. Wenn das stimmt, klauen wir uns dort ein Auto und ab gehts!«, sagt Olli.

»Ja, aber um dort hinzukommen, müssen wir doch erst mal hier lang. Die Wohnsiedlung mit dem Parkplatz ist die dritte Station auf unserer Route. Hast du vorhin nicht zugehört?«, erinnert ihn der YouTuber.

»Und was ist, wenn wir einfach einen Whiplash suchen? Die Dinger können doch theoretisch überall sein.«

»Das wäre aber echt Glück, wenn wir durch Zufall einen sehen. Meistens stehen die bei der Rennstrecke rum, aber wir müssen in die komplett entgegengesetzte Richtung«, entgegnet WannaBe. »Das ist bestimmt Absicht von den Hackern. Damit wir es schön schwer haben und eine halbe Ewigkeit brauchen. Wer weiß, was die in der Zwischenzeit mit meinem Account anstellen! Die wissen doch genau, wie wertvoll der ist!«

»Klar ist das Absicht.« Olli zuckt mit den Schultern. »Als ob die es dir einfach machen würden. Wo wäre denn da der Sinn an der ganzen Aktion?«

»Wenn wir jetzt keine andere Möglichkeit haben, müssen wir wohl weiterlaufen«, teilt Julian ernüchtert mit.

»Na dann, weiter gehts!«, ruft Olli und setzt sich an die Spitze der Gruppe.

Bobby rennt aufgeregt hinterher und fragt: »Können wir was spielen?«

»Wir sind hier wirklich nicht zum Spielen, Kleiner«, antwortet WannaBe.

»Aber so vergeht die Zeit bestimmt viel besser und wir sind schneller da!« Der Vierbeiner lässt nicht locker.

»Na gut, was willst du denn spielen?«

»Warte!«, ruft der Dackel und verschwindet im Gebüsch.

Plötzlich kommt er mit einem Stock im Maul angeschossen. Er wirft ihn seinem Herrchen vor die Füße und fordert ihn auf: »Hier, wirf den! Dann renn ich hinterher und bring ihn dir wieder!«

»Du bist so leicht glücklich zu machen«, sagt WannaBe schmunzelnd und wirft.

»Was war das denn für ein Wurf? Ist ja peinlich!«, ruft Olli und lacht seinen Freund aus. »Bring mir mal den Stock, Bobby!« Der kleine Hund kommt angestürmt, kann nicht mehr rechtzeitig bremsen und knallt gegen Olli. »Sieh zu und lerne, WannaBe«, stichelt der Sportler und wirft den Stecken so weit, dass ihn die Jungs schon gar nicht mehr sehen. Aber Bobby besitzt die feinste Nase weit und breit. Blitzschnell hat er ihn gefunden und steht wieder vor Olli.

Nachdem der den Stock zum gefühlt millionsten Mal geworfen hat, lässt Bobby ungewöhnlich lange auf sich warten.

»Schnüffelt der schon wieder irgendwo rum?« So wahrscheinlich das auch wäre, diesmal hat WannaBe unrecht. Wenige Minuten später finden die Jungs ihn auf dem Rücken liegend, neben seinem Zweig.

Julian verfällt sofort in Panik. »Ist er tot? WannaBe, ist er tot?! Ich wusste doch, dass es hier gefährlich ist!«

Olli ist schon längst zu ihm hingeeilt und beruhigt seinen Freund. »Fehlalarm! Der Kleine ist einfach nur kaputt.« Er streichelt Bobby über den Bauch und fragt: »Das war jetzt doch ein bisschen zu anstrengend, oder?« Der Hund nickt ganz müde. »Komm her, ich trag dich jetzt.« Olli hebt Bobby hoch und der Dackel kuschelt sich glücklich an.

»Müssten wir jetzt nicht langsam mal da sein?«, fragt WannaBe, der immer ungeduldiger wird.

»Ist euch nicht aufgefallen, wie laut es hier ist? Wir müssen uns bald anschreien«, antwortet Julian.

»Jetzt, wo dus sagst … Das ist ganz schön anstrengend«, stellt der YouTuber fest.

Julian nickt nur und WannaBe ruft mit Blick auf das Ende

der Steigung: »Na endlich! Ich dachte schon, wir kommen nie an!«

Nachdem die Jungs eine gefühlte Ewigkeit bergauf gelaufen sind und Wiesen und Trampelpfade von steinigen Untergründen abgelöst wurden, ist jetzt der obere Rand des Wasserfalls zu sehen. Immer größer werdende Felsen liegen auf dem Weg und es ist anstrengender für die Jungs, voranzukommen.

»Von Klettern hat aber niemand was gesagt«, meint Julian, während er seinen Blick verunsichert nach oben hebt.

»Ach komm, du musst nur noch über diese kleinen Felsen, das schaffst du schon«, entgegnet WannaBe.

»Soll ich dich mal an deine erste Wanderung mit mir erinnern, WannaBe?«, wirft Olli lachend ein. »Da wolltest du nicht mal eine Holztreppe hochgehen.«

»Das war auch was ganz anderes. Die war völlig marode und ich hätte jederzeit runterfallen können!«, verteidigt sich der YouTuber lautstark.

»Ja, na klar«, sagt Olli und kichert. »Komm, Julian. Ich geh vor, dann kann ich dich hochziehen.«

Der Nachbar nimmt das Angebot dankend an.

»Hey, wartet auf mich! Ich kann nicht so hoch springen!«, ruft Bobby, der nach der Pause auf Ollis Arm wieder freudig um die Gruppe gerannt ist.

»Julian, gib mir deinen Rucksack«, fordert der Sportler den Jungen hinter sich auf.

»Du willst jetzt nicht ernsthaft den Hund in den Rucksack stecken, oder?«, fragt WannaBe entgeistert.

»Hey, ich habe einen Namen!«, beschwert sich Bobby.

»Doch, genau das will ich«, antwortet Olli. »Ist das okay für dich, Bobby?«

Der kleine Hund ist sich zwar unsicher, vertraut seinem Freund aber fast so sehr wie seinem Herrchen, und stimmt zu. Ehe er sichs versieht, hockt er im Rucksack, der auf Ollis Rücken landet.

Mit vereinten Kräften kommen die Jungs nach kurzem Kraxeln oben an. Beim Aufstieg war es so laut, dass sich Bobby komplett im Rucksack versteckt und seine Schlappohren fest zugedrückt hat. Weil es hier oben viel angenehmer ist, traut er sich, aus dem Rucksack zu springen, und staunt mit großen Augen.

Julian hält sich an einem Ast fest und schaut nach unten. Er ist völlig beeindruckt von dem Ausblick, der sich ihm bietet. »Jungs, guckt mal! Habt ihr jemals so was gesehen?«

»Wow!« Auch Olli kann es kaum fassen.

»Leute, ihr wisst schon, dass das nicht echt ist, oder?«, entgegnet WannaBe grinsend.

»Jetzt machs doch nicht kaputt und komm her!«

WannaBe gesellt sich zu seinen Freunden, krault Bobby hinter dem Ohr und hält den Atem an. Er muss zugeben, die Aussicht ist wirklich beeindruckend.

»Okay, ich glaube, zu lange sollten wir trotzdem nicht rumstehen«, sagt er auffordernd. »Hat jemand einen Plan,

wie wir da rüberkommen, ohne vom Wasser mit nach unten gerissen zu werden?«

Die Freunde denken scharf nach.

»Also da rüberschwimmen können wir schon mal nicht, so viel steht fest«, bricht Olli die Stille.

»Auf gar keinen Fall!«, stimmt Julian zu. »Kann man in diesem Spiel mit irgendeinem Trick weit springen oder vielleicht sogar fliegen?«

»Man kann schon fliegen, aber nicht einfach so. Das ist ja hier keine Zauberwelt, in der einem plötzlich Flügel wachsen«, antwortet WannaBe.

»Wir brauchen Hilfsmittel. Irgendwas, womit wir uns rüberhangeln können.«

»Dazu, müssten wir erst mal etwas an der anderen Seite befestigen. Oder es müsste einen langen Ast geben, der über den Wasserfall reicht. Gibts aber nicht.«

»Und wenn wir uns rüberschwingen? Mit einem Seil oder irgendwas Ähnlichem?«, überlegt sein bester Freund laut.

Jetzt ist es Julian, der kritisch reagiert und fragt: »Rüberschwingen? Wie Tarzan? Nicht im Ernst, oder?«

»Na ja, würde schon gehen«, steigt WannaBe ein. Natürlich meint er das nicht ernst, will ihn aber ein bisschen ärgern. Julian wird ganz bleich. »Aber wir können auch so was wie eine Brücke bauen.«

»Dauert das nicht ganz schön lange? Wir haben doch gar nicht so viel Zeit«, entgegnet Julian.

»Für normale Spieler dauert das ewig. Aber WannaBe ist doch Fortnite-Elite.«

»Fortnite-Elite! Gefällt mir. Ich glaube, ich ändere direkt

meinen Kanal-Namen, sobald wir wieder zu Hause sind«, witzelt WannaBe. »Aber es stimmt, fortgeschrittene Spieler sind schnell bei so was. Also ich baue uns im Handumdrehen eine Brücke. Ich brauche bloß die Materialien dafür.«

»Und wo finden wir die?«, will Julian wissen.

»Die können überall rumliegen«, erklärt Olli.

»Bobby, hilfst du uns suchen?«, fragt WannaBe.

»Ja!«, ruft der sofort. »Was brauchen wir?«

»Alles, was lang und stabil ist. Holzlatten, alte Türen oder Paletten.«

WannaBe hat kaum zu Ende gesprochen, da rennt Bobby auch schon los. Die Jungs schauen sich an und Olli fragt: »Er hat keine Ahnung, was das alles ist, oder?«

»Wahrscheinlich nicht«, entgegnet WannaBe und seufzt.

Aus der Ferne hören die Freunde den Hund rufen: »Hier, ich hab was!« Bobby kommt angesaust und trägt einen dünnen, zwei Meter langen Stock quer in seinem Maul.

»Mach langsam!«, ruft WannaBe aber die Warnung kommt zu spät. Der kleine Dackel ist mit dem Stock zwischen zwei Baumstämmen steckengeblieben und nach hinten umgefallen.

»Aua …«, jammert der goldene Hund, rappelt sich aber direkt wieder auf. »Guckt, ich hab ein riesiges Stöckchen gefunden!«, erklärt er stolz.

»Das ist super, Bobby!«, lobt WannaBe ihn. Natürlich nützt den Jungs der dünne Ast nicht viel, um daraus eine Brücke zu bauen, aber das muss Bobby ja nicht wissen. Der YouTuber will ihm seine Freude nicht kaputtmachen.

Die Jungs suchen nun schon seit einer Weile in der nahen

Umgebung des Wasserfalls nach Materialien, aus denen man eine Brücke bauen könnte. Bisher sind sie jedoch erfolglos. Alles, was sie zwischen den unzähligen Bäumen und Büschen finden, sind völlig unförmige Äste sowie morsches Holz, das unter ihrem Gewicht sofort zerbrechen würde.

»Wenn wir noch weiter so kopflos rumlaufen, wissen wir bald nicht mehr, wie wir zurückkommen«, bemerkt Julian.

»Ja, du hast recht. Weißt du noch ungefähr, wo wir sind?«, fragt Olli.

»Grob, ja. Aber lasst uns jetzt bitte mal einen Plan machen, wo wir jetzt am schlauesten suchen. Es ist schon fast Mittag.«

»Was, so spät schon?« WannaBe ist entgeistert.

»Genau deshalb sollten wir jetzt wirklich klug vorgehen. Gibt es irgendeinen Ort, wo es sehr wahrscheinlich ist, dass wir was Nützliches finden?«, erkundigt sich Julian und rollt den Lageplan aus.

»Irgendwo, wo mal gebaut wurde. Verlassene Gebäude, alte Holzhütten, so ein Zeug eben. Ist da irgendwas relativ in der Nähe eingezeichnet?«, fragt der YouTuber angespannt.

Julian steckt seine Nase wieder in die Karte. »Also hier ist was, aber das liegt nicht wirklich in unserer Richtung.«

WannaBe schnappt sich die Karte. »Das sieht aus wie ein alter Laden. Ist vielleicht ein Kiosk oder so was. Da finden wir vielleicht was Brauchbares. Ist das weit weg?«

»Auf jeden Fall scheint das auf unserer Höhe zu sein. Wir müssen also nicht wieder runtergehen und dann alles zurück nach oben schleppen. Nur ein Stückchen weiter durch dieses kleine Wäldchen, Richtung Nordwesten.«

»Das ist ja schon mal was.«

»Wenn ich den Abstand hier mit der Strecke, die wir zum Wasserfall gelaufen sind, vergleiche, ist das etwas kürzer. Dafür haben wir eine gute Stunde gebraucht ...«

»Also marschieren wir jetzt dorthin, ohne zu wissen, ob wir dort überhaupt was Nützliches finden?« WannaBe ist von der Möglichkeit nicht gerade begeistert.

»Die Alternative wäre, dass wir weiter planlos hier rumlaufen, ohne was zu finden.«

Also setzt sich die Gruppe in Bewegung.

Den ganzen Weg lang herrscht Stille. Julian ist der Erste, der wieder anfängt zu sprechen: »Schaut mal, da hinten! Da steht irgendwas!«

Noch bevor WannaBe und Olli überhaupt etwas ausmachen können, rennt Bobby schon voraus. Er sprintet einige Meter durch den kleinen Wald auf eine sonnengeflutete Lichtung. Als die Jungs ihn endlich einholen, sitzt der Hund schon ungeduldig vor einem Gebilde, das sich schnell als der gesuchte Kiosk entpuppt.

»Guckt mal, was es hier alles gibt!«, ruft er aufgeregt und läuft hinein.

»Na, ein Glück«, sagt WannaBe erleichtert. »Jetzt greifen wir uns alles, was wir für die Brücke nutzen können, und schleppen das Zeug zurück.«

»Leute?«, flüstert Julian plötzlich ängstlich, als sie gerade das baufällige Gebäude betreten wollen. »Bleibt mal kurz stehen. Ich glaube, ich höre was.«

Alle lauschen und tatsächlich nähern sich leise Schritte. Noch bevor sich die Jungs umdrehen können, ertönt eine unbekannte Stimme: »Nicht. So. Schnell.«

# Kapitel 11

»Hände hoch und ganz langsam umdrehen«, spricht die fremde Stimme weiter.

Die Jungs gucken sich völlig entgeistert an und tun dann, was von ihnen verlangt wurde. Bobby schlüpft unauffällig wieder aus der Hütte und versteckt sich ängstlich hinter den Jungs. Nun sehen sie, wer die Waffe auf sie richtet: eine junge Frau mit schwarzem Tanktop, olivfarbener Cargohose und Pferdeschwanz.

Julian wirft sich direkt auf die Knie und ruft panisch: »Bitte nicht schießen! Ich will noch nicht sterben! Und vor allem nicht hier! Bitte! Ich tue alles, was du willst!«

»Meine Güte, ist der immer so ein Weichei?«, fragt die Unbekannte und senkt ihre Waffe.

WannaBe antwortet: »Er hat noch nicht so viel Erfahrung.«

»Und dein anderer Freund fängt gleich an zu sabbern?«, vermutet sie und deutet auf Olli.

»Ja, wahrscheinlich«, entgegnet der YouTuber und rammt seinem besten Freund einen Ellbogen in die Rippen.

Olli schüttelt kurz den Kopf, als müsste er wieder zu sich kommen, und streckt der Spielerfigur seine Hand entgegen.

»Hi, ich bin Olli«, spricht er in aufgesetzt tiefer Stimme. Er grinst, als wäre er in einer Zahnpastawerbung. »Und wie heißt du?«

»Ich wüsste nicht, was dich das angeht. Dir ist schon klar, dass ich jederzeit abdrücken kann, wenn du mich nervst, oder?«

»Olli, jetzt krieg dich mal ein«, zischt WannaBe, während Julian immer noch in Schockstarre auf dem Boden kniet. »Du weißt nicht mal, ob das überhaupt ein Mädchen ist. Vielleicht ist das auch einfach ein Typ, der sich immer weibliche Avatare erstellt.«

»Bitte was? Ganz schön mutig dafür, dass ich hier gerade eine Waffe auf dich gerichtet hab!«, ruft die Gamerin wütend und zielt auf ihn.

»Stopp, stopp, stopp!«, ruft WannaBe. »Warte mal! Wir sind gar nicht zum Zocken hier!«

Die Gamerin fragt lachend: »Ach so? Ihr geht hier also entspannt spazieren?«

»Na ja … Nein. Also … Wie erkläre ich das denn jetzt am besten …?«

»Sein Account wurde gehackt, wir sind durch ein Portal hergekommen und suchen jetzt einen Schatz, um ihn auszulösen«, erklärt Olli genervt.

»Ja, genau. Und ich bin die Herrscherin aller Fortnite-Welten, kann zaubern und hab einen sprechenden Hund«, macht sich die Gamerin darüber lustig.

»Hey, warum sagst du das so, als wäre das was Blödes?«, mischt sich Bobby nun ein.

»Jetzt wollt ihr mich doch völlig veräppeln. Also erstens: Wo habt ihr den Hund her? Und zweitens: Warum redet der?«

»Ich wohne schon immer bei WannaBe und kann schon immer reden!«, antwortet Bobby eingeschnappt und versteht die Aufregung gar nicht.

»Warte mal, du bist WannaBe? Du kamst mir die ganze Zeit schon so bekannt vor! Die halbe Gaming-Community redet über dich. Weißt du das eigentlich? Jeder fragt sich, wo du plötzlich hin bist! Die meisten vermuten, dass dein Account gehackt wurde. Ich dachte ehrlicherweise, dass du einfach keinen Bock mehr hast oder dir deine Mutter den Saft abgedreht hat, damit du auch mal wieder was anderes machst.«

»Gibt es eigentlich irgendjemanden, der dich *nicht* kennt?«, murmelt Julian, der langsam wieder zu sich kommt.

»Du hast ja echt keine Ahnung vom Zocken«, bemerkt die Unbekannte schmunzelnd in Richtung Julian, senkt ihre Waffe und richtet sich wieder an WannaBe: »Aber das mit dem Hacken kann ja nicht stimmen, sonst wärst du jetzt nicht hier«

»Doch, tut es«, antwortet der YouTuber. »Wir sind echt irgendwie aus der realen Welt hier reingefallen. Da war so ein unsichtbares Portal bei uns in der Stadt. Das hat erst Julian eingesogen und wir sind hinterhergesprungen, um ihn zu retten. Na ja, jetzt sind wir hier.«

»Und Julian ist …?«

WannaBe zeigt auf seinen Freund. »Der zitternde Typ, der wahrscheinlich gleich in Ohnmacht fällt, wenn du die Waffe nicht gleich wegpackst.«

»Also ich hoffe, du erwartest jetzt nicht von mir, dass ich dir das abnehme, oder? Vielleicht solltest du echt mal eine Pause vom Zocken machen, du schiebst ja schon Filme.«

»Ist mir echt egal, ob du das jetzt glaubst oder nicht. Von mir aus kannst du gleich auch überall posten, dass ich spinne und eingewiesen werden sollte. Wir wollen hier einfach nur Materialien sammeln, mit denen wir über den Wasserfall kommen. Und wir wollen dich auch nicht angreifen oder sonst was, also lass uns bitte einfach in Ruhe«, erklärt WannaBe. Er dreht sich um und winkt seine Freunde hinter sich her.

Die Jungs und Bobby laufen in den heruntergekommenen Kiosk und lassen die Unbekannte einfach draußen stehen.

Olli beschwert sich: »Musstest du so unfreundlich sein? Das hätte meine neue Freundin werden können!«

»Du weißt nicht mal, wie sie heißt, denkst aber, sie wird deine FreundIn?«

»Jungs! Können wir bitte ohne Streit weitergehen? Wir haben noch nicht mal den Wasserfall überquert!«, sagt Julian, um die beiden wachzurütteln.

Schweigend schauen sie sich um und sammeln auf, was sie brauchen können. Olli macht seinem Ruf als Kraftprotz alle Ehre. Er trägt ein großes Brett auf dem Rücken, das von einer aus den Angeln gerissenen Tür stammen muss.

WannaBe und Julian schleppen gemeinsam zwei Holzpaletten, die sie übereinandergelegt haben und auf denen weitere Bretter liegen. Der YouTuber geht voraus und hält die Materialien hinter seinem Rücken fest, während sein Nachbar die hinteren Enden greift und vor seinem Bauch trägt. Bobby hingegen zerrt ein langes, schmales Holzbrett im Maul neben sich her und versucht tapfer, mitzuhalten.

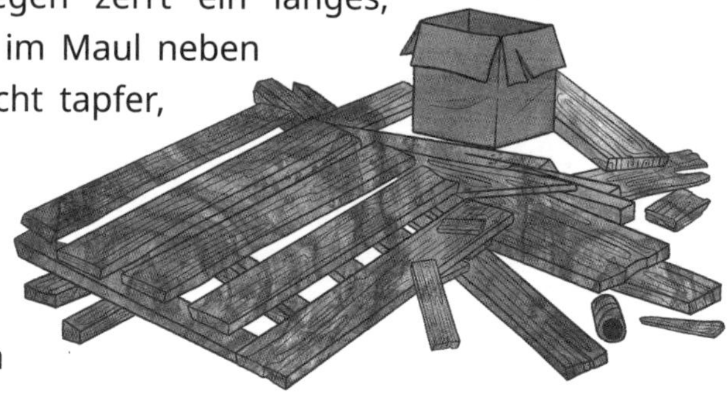

Die Freunde machen sich schnaufend auf den Rückweg, als sie plötzlich Rufe hören.

»WannaBe? Jungs? Kleiner sprechender Hund? Seid ihr hier?«

Olli erkennt die Stimme sofort wieder und freut sich. »Haha! Das ist das Mädel von vorhin. Ich wusste doch, dass sie mich auch gut fand!«

»Krieg dich wieder ein!«, antwortet WannaBe genervt. »Hey, wir sind hier!«, ruft er.

Und tatsächlich. Es war die Gamerin, die vorhin noch mit einer Waffe auf sie gezielt hat.

»Ich hab kurz nebenbei Social Media gecheckt. Entschuldigung, dass ich euch eben bedroht habe. Es gibt echt massenhaft Hinweise darauf, dass du wirklich gehackt wurdest. Wenn man mit dir in den Chat will, kommen nur irgendwelche komischen Zeichen. Und im Sprach-Chat ist entweder Totenstille oder eine übertrieben tiefe Stimme redet irgendeinen Schwachsinn«, erklärt die Unbekannte. »Deine komische Geschichte finde ich immer noch komisch, aber ich glaube, du brauchst echt Hilfe, oder? Ich meine, guck dir deine Jungs mal an. Einer ist ein Angsthase und hat noch nie gezockt und der andere ist ein aufgepumpter Idiot, der sich in den unpassendsten Momenten schockverliebt«, erklärt sie ihre Beobachtung mit einem Grinsen im Gesicht.

»Hey, ich bin auch noch da!«, ruft Bobby, der sich unfair behandelt fühlt und gar nicht verstanden hat, dass das gerade keine Komplimente gewesen waren.

»Ja, klar! Wie konnte ich dich nur vergessen?«

Die beugt sich nach unten und streckt ihre Arme nach vorn. Bobby läuft schwanzwedelnd auf sie zu und lässt sich glücklich kraulen.

»Und wie heißt du, Kleiner?«, fragt sie ihn.

»Bobby!«, antwortet er grinsend. »Und du?«

»Ich bin Jana.«

»Jana heißt sie ...«, schmachtet Olli vor sich hin und erntet dafür einen bösen Blick von ihr.

»Geh mir ja nicht auf die Nerven! Sonst wars das mit meiner Hilfe«, warnt sie ihn.

»Wow, bild dir mal nichts ein.«

Jana schnappt sich mit einem Augenrollen das Holzbrett, das gerade noch Bobby getragen hat, und schließt sich der Gruppe an.

Einen anstrengenden Fußmarsch später haben es die vier Freunde endlich zurück zum Wasserfall geschafft, auch wenn es mit all den schweren Holzteilen länger gedauert hat als gedacht. Seufzend werfen sie alles auf den Boden.

»So, jetzt fang an zu zaubern«, fordert Olli den YouTuber auf.

»Sieh zu und lerne«, antwortet dieser lachend und legt los. WannaBe platziert ein Bauteil nach dem anderen in Windeseile und schon hat er einen stabilen Weg über den Wasserfall geschaffen. Das glaubt er zumindest.

»Da geh ich auf keinen Fall rüber«, sagt Julian. »Habt ihr gesehen, wie stark die Strömung ist? Die Teile wackeln sogar hin und her! Und rutschig ist es auch, weil das Holz schon klitschnass ist!«

»Mensch, wir können dich schlecht hier stehenlassen und auf dem Rückweg abholen. Außerdem brauchen wir dich und dein Superbrain doch. Komm, du schaffst das!«, versucht WannaBe seinen Freund zu animieren.

»Geht ruhig vor. Ich guck mir das erst mal an.«

Jana springt wortlos über die Brücke und sieht dabei aus, als würde sie schweben. Olli ist völlig begeistert. Fast schon hypnotisiert folgt er ihr und merkt gar nicht, dass er dem Rand der improvisierten Brücke immer näher kommt. Als er fast daneben tritt, ruft WannaBe: »Olli! Guck, wo du hinläufst! Oder willst du den Wasserfall runterklatschen?«

»Oh!« Der Junge erschrickt und konzentriert sich wieder.

»Bobby, schaffst du das alleine?«, fragt der YouTuber seinen kleinen Freund.

»Klar, was denkst du denn?« Der Hund rennt los, aber WannaBe merkt schnell, dass er sich ein bisschen überschätzt hat. Der Vierbeiner schlittert über den nassen Untergrund und verliert immer mehr das Gleichgewicht. Sein

Herrchen eilt hinterher, nimmt ihn hoch und die beiden überqueren die Brücke gemeinsam.

»Los, jetzt du, Julian!«, ruft Bobby glücklich, als er wieder festen Boden unter den Pfoten hat.

»Ihr wollt mich wirklich umbringen, oder?«, fragt der Nachbarsjunge ängstlich.

»Wir haben es alle geschafft. Du packst das auch!« Jana versucht, ihm gut zuzureden. »Ganz langsam, Schritt für Schritt.«

Julian atmet tief durch und setzt den ersten Fuß auf die Brücke.

»Ja, sehr gut! Du machst das mega!«, ruft Jana weiter.

»Ist sie jetzt plötzlich sein Fanklub oder was?«, fragt Olli WannaBe ein wenig beleidigt.

»Schon mal was von Unterstützung gehört? Oder Mut zureden?«, schimpft Jana zurück.

Olli verdreht bloß die Augen. Jetzt möchte die Gamerin ihn so richtig ärgern und legt noch eine Schippe drauf: »Los, Julian! Bloß noch ein paar Meter, dann kann ich dir meine Hand entgegenstrecken!«

Julian nimmt all seinen Mut zusammen und rennt die letzten Schritte fast schon. Er fällt erleichtert in Janas ausgebreitete Arme. Der Vorfall am verlassenen Kiosk scheint verziehen.

Olli murmelt angefressen: »Warum genau haben wir sie noch mal mitgenommen?«

»Julian? Die Karte?« WannaBe ignoriert das Schimpfen.

»Olli hat noch meinen Rucksack«, antwortet er.

Der Sportler kramt in der Tasche und gibt WannaBe den

mittlerweile etwas verkrumpelten Lageplan.

»Lasst mich mal schauen!«, sagt Jana

Julian erklärt: »Also wir sind jetzt hier, am Wasserfall. Das nächste Ziel ist dort, wo die kleinen Quader eingezeichnet sind. WannaBe meinte, das könnte eine heruntergekommene Stadt sein. Oder ein Trailerpark.«

»Ja, das ist sogar sehr wahrscheinlich«, antwortet die Gamerin. »Aber da müssen wir vorsichtig sein, das ist euch klar, oder?«

»Sind da noch mehr Leute, die Waffen auf uns richten?«, fragt Julian panisch.

»Darauf kannst du wetten.«

WannaBe schaut sie mit einem Blick an, der sagt: »Bist du wahnsinnig?«

Jana hat ein schlechtes Gewissen, schließlich hat sie den ängstlichen Jungen eben in seiner Angst bestätigt. Sie versucht, die Situation zu retten. »Also es kann sein, dass da noch andere Spieler sind. Und die haben mit Sicherheit auch Waffen. Aber die erschießen dich doch nicht! Die meisten von denen kenne ich bestimmt eh. Und spätestens, wenn sie WannaBe sehen, sind sie still. Er wird so hoch gefeiert, da haben alle Respekt.«

»Ernsthaft?«, flüstert WannaBe.

»Keine Ahnung, aber irgendwas musste ich ja jetzt sagen«, murmelt Jana zurück.

»Genug gequatscht, auf zum Trailerpark!«, unterbricht Olli das Gespräch. Es wurmt ihn, dass Jana mit allen so vertraut redet, ihm aber die kalte Schulter zeigt.

»Wie ist das eigentlich, wenn du offline gehst, Jana?«, will Julian nach einiger Zeit wissen. Er ist Jana nicht mehr böse und findet die junge Frau immer sympathischer. »Du bist ja nicht wirklich hier wie wir, sondern nur virtuell. Dann gehen wir ja alleine weiter, oder? Finden wir uns später überhaupt wieder?«

»Für mich würde dann ein neues Spiel starten. Normalerweise, kann man nicht wieder in dieselbe Runde zurück, sobald man sich ausgeloggt hat. Aber die Map bleibt die gleiche. Die Frage wäre also eher, wie das mit euch ist. Ob ihr an dieses aktuelle Spiel gebunden seid oder nur an die Karte selbst. Letzteres würde euch für alle Gamer sämtlicher Runden sichtbar machen.«

»Wir können das auch einfach ausprobieren«, schlägt WannaBe vor. »Geh doch kurz offline und wir warten hier. Dann werden wir ja sehen, ob du wiederkommst oder nicht.«

Gesagt, getan. Jana loggt sich aus und ist plötzlich wie vom Erdboden verschluckt.

# Kapitel 12

»Super. Und jetzt?«, fragt WannaBe missmutig. »Wir hätten ihre Hilfe echt gebrauchen können.«

»Entpann dich, die wird schon gleich wiederkommen«, antwortet Olli.

Plötzlich hören die Jungs einen quietschigen Schrei und zucken zusammen. »Guckt mal hoch! Da kommt was vom Himmel runtergerast! In Deckung!«, ruft Bobby ängstlich und sucht Schutz hinter seinem Herrchen.

»Ach, das ist doch bloß Jana, die wieder auf die Map fliegt«, spricht WannaBe seinem Hund beruhigend zu.

Der Dackel springt erleichtert auf und wedelt freudig mit seinem Schwanz. »Juhu, sie kommt wieder!«

Wenige Minuten später läuft die Gamerin grinsend auf die Jungs zu. »Na, habt ihr mich schon vermisst?«

»Das hättest du wohl gern«, murmelt Olli.

»Jana!«, ruft Bobby aufgeregt und rennt auf sie zu.

»Da bist du ja wieder!«, begrüßt Julian sie freudig, doch verstummt sofort, als er Ollis bösen Blick sieht.

»Scheint so, als wärt ihr wirklich an die Map gebunden und nicht an eine einzelne Runde«, stellt Jana fest.

»Ja, aber sobald du offline gehst und wir weiterlaufen, verlieren wir uns trotzdem und müssten uns wieder neu zusammenfinden«, antwortet WannaBe.

»Na, dann muss ich die Nacht wohl durchmachen.«

»Kriegst du dann keinen Ärger?«, fragt Julian.

»Bist du niedlich«, lacht sie. »Ich bin doch nicht mehr siebe. Außerdem sind Sommerferien und meine Eltern eh verreist, also interessiert das sowieso niemanden. Was ist eigentlich eure Ausrede, warum ihr nicht zu Hause seid, wenn ihr jetzt tagelang hier herumlauft?«

»Na ja ... Die müssen wir uns noch überlegen. Wir dachten eigentlich, wir würden das in einer Nacht schaffen. Konnte ja keiner ahnen, dass wir plötzlich durch ein Portal fallen«, gesteht WannaBe, während die Gruppe ihren Weg durch den sich lichtenden Wald Richtung Osten fortsetzt.

»Erzähl mir noch mal von dieser Hackergeschichte. Also irgendjemand hat dir echt deinen Account geklaut? Und der erpresst dich jetzt, oder wie?«

Der YouTuber erklärt seiner neuen Weggefährtin, wie alles passiert ist.

»Und dann hast du einfach nachgegeben? Schon mal dran gedacht, dass die dich nur beschäftigt halten wollen? Dann haben sie genug Zeit, sonst was mit deinem Account anzustellen oder in deinem Namen irgendwelchen Müll von sich zu geben.« Jana ist ganz entgeistert. »Also ich sag euch ganz ehrlich, an eurer Stelle würde ich die Hacker suchen. Die könnten sich echt warm anziehen.«

»Genau das hab ich auch gesagt!«, antwortet Olli und die Gamerin schaut ihn positiv überrascht an.

»Aber Julian meinte, er kann nicht zurückverfolgen, woher das Video kam, und wir haben auch null Anhaltspunkte, wo diese Hacker sein könnten«, entgegnet WannaBe und kickt im Gehen einen kleinen Stein vor sich her. »Ich bin mir auf jeden Fall sicher, dass die Hacker uns beobachten. Zumindest wissen sie immer ganz genau, was wir gerade erlebt haben, wenn sie mich anrufen.«

»Ach, die telefonieren mit dir? Na, dann müssen wir beim nächsten Mal besonders aufmerksam sein. Vielleicht hören wir was – einen vorbeifahrenden Zug oder eine Straßenbahn oder Kirchenglocken oder …«

»Oder wir sehen sogar was!«, führt Olli Janas Satz weiter, während er einem tief hängenden Ast ausweicht. »Die rufen ja immer per Videochat an.«

»Die saßen aber vor einem Greenscreen, schon vergessen?«, fragt WannaBe.

»Auch das könnte doch ein Hinweis sein! Wenn sie so ein Ding brauchen, haben wir es vielleicht mit neidischen YouTubern zu tun«, überlegt Julian.

»Oder es sind nur welche, die voller Tatendrang Equipment gekauft haben und die Sache dann aber doch nicht durchgezogen haben. Von denen gibt es doch genug«, entgegnet WannaBe wenig überzeugt.

»Kannst du hier nur telefonieren oder hast du auch Internet?«

Der YouTuber zückt sein Handy. »Instagram lädt, also geht scheinbar beides. Wieso?«

»Schalte doch deine Community mit ein!«

»Damit mich alle für bescheuert halten?«

»Na, du solltest jetzt nicht sagen, dass du von deinem Computerspiel eingesaugt wurdest. Aber du könntest erzählen, dass du gehackt wurdest, und um Hilfe bei der Suche nach den Tätern bitten. Du hast alleine auf YouTube über eine Million Abonnenten. Die finden doch im Nullkommanichts raus, wer dir hier an die Gurgel will. Und wir können währenddessen weiter nach dem Schatz suchen!«

»Aber wartet mal. Was ist denn, wenn deine Eltern das sehen? Oder deine Tante?«, sorgt sich Julian, der vom Fußmarsch langsam ganz schön aus der Puste ist.

»Ach, die haben doch kein Social Media«, winkt WannaBe ab, obwohl dieser Gedanke insgeheim auch in seinem Kopf umherschwirrt. Er bleibt stehen, zückt sein Handy und will eine Story aufnehmen, als Julian ihn stoppt.

»Warte! Du brauchst einen neutralen Hintergrund, der nicht gleich Gamingwelt schreit!«

»Ist schon gut, man kann den Hintergrund mit einem Filter verschwommen aussehen lassen«, erklärt Jana.

WannaBe richtet alles entsprechen ein und filmt sich über die Frontkamera.

*»Hey Freunde, was geht ab? Ihr habt jetzt schon drei Tage kein Video mehr von mir bekommen, dabei seid ihr das eigentlich täglich gewöhnt. Die meisten von euch ahnen schon, was los ist. Ich muss euren Verdacht leider bestätigen: Ich wurde gehackt. Damit ich meinen Account wiederbekomme, brauche ich ein bisschen Hilfe. Und jetzt kommt ihr ins Spiel. Und nein, das ist keine Challenge oder irgendeine Fake-Aktion für mehr Aufmerksamkeit. Das ist wirklich passiert und ich brauche*

*euch echt. Wir müssen rausfinden, wer die Hacker sind und wo sie sich aufhalten. Ich habe ein paar Hinweise. Die sind noch sehr ungenau, aber ich arbeite dran, dass ich noch mehr bekomme.«*

Der YouTuber beendet die Aufnahme erst mal und lädt sie hoch. »Also was für Hinweise haben wir jetzt?«, fragt er seine Freunde.

»Es gibt vermutlich einen Anführer und der hat ein paar Idioten, die ihm helfen«, beginnt Olli. »Wie viele waren das im Video? Weißt du das noch?«

»Drei«, schaltet sich Julian. Olli schaut ihn erstaunt an.

»Ich hab ein ein sehr gutes Gedächtnis«, erklärt der Nerd.

»Okay, ein Anführer, drei Helfer, der Greenscreen und das wars. Damit kann doch kein Mensch was anfangen ...« Der YouTuber runzelt besorgt die Stirn.

Jana legt beruhigend eine Hand auf seine Schulter und lächelt ihn aufmunternd an. »Fan-Kultur kann richtig krasse Ausmaße annehmen, WannaBe. Bei deiner riesigen Community bräuchte es wahrscheinlich keinen einzigen Hinweis und die würden die Hacker trotzdem finden.«

WannaBe hält sein Handy wieder hoch, stellt den Filter ein und teilt die wenigen Hinweise mit seinen Followern. Kaum hat er sein Handy wieder in die Tasche gesteckt, vibriert es pausenlos. Hunderte Nachrichten erreichen ihn.

»Guckt mal, wie viele Nachrichten jetzt schon ankommen! Also hier schreibt jemand: ›Ich habs die ganze Zeit gewusst! Verlass dich auf uns!‹ Oder noch jemand: ›Die sind doch nur neidisch, lass dich davon nicht unterkriegen!‹« Er schaut kurz wieder auf, die Augenbrauen zusammengezogen. »Der Support freut mich ja wirklich, aber eine Hilfe ist das noch nicht gerade.«

»Abwarten. Wir gehen jetzt erst mal weiter. Vielleicht kommt ja noch was«, schlägt Olli vor und die fünf laufen weiter in Richtung des Trailerparks im Osten. Die Landschaft ist mittlerweile in trockeneres Gelände übergegangen. Die blühenden Bäume wurden von kleineren Sträuchern abgelöst, die Wiese wird langsam staubiger und kahler und fällt hügelig vor ihnen ab. Je weiter die Gruppe läuft, desto mehr sandige Stellen schummeln sich zwischen das nicht mehr so satte Grün.

Ein paar hundert Meter vom Trailerpark entfernt bleibt Jana abrupt in der Nähe eines größeren Gebüschs stehen und schaut in die Senke mit den Containern.

»Wartet mal, Jungs!«, ruft sie. »Seht ihr das? Dort sind locker 15 andere Spieler. Wir dürfen nicht gleich auffallen. Sonst ist eure Reise schneller vorbei, als ihr dachtet.« Die Freunde ducken sich hinter den Strauch, der sie aber nur schlecht verdeckt.

»Lauert hier echt an jeder Ecke Gefahr?« Julians dünne Stimme bebt vor Angst.

»Gefährlich ist das nur, wenn wir unvorsichtig sind«, entgegnet Jana sofort, um den Jungen zu beruhigen.

WannaBe wendet sich an Bobby: »Egal, was passiert, pass auf, dass du nicht in die Schussbahn gerätst!«

Der Hund nickt brav und kauert sich neben seinem Herrchen ins platte Gras.

»Was ist unser Schlachtplan?«, fragt Olli voller Tatendrang.

»Ich würde sagen, einer geht vor, checkt die Lage ab und winkt die anderen nach und nach hinterher, wenn alles safe ist«, unterbreitet WannaBe den anderen seinen Plan.

»Und wer will der Erste sein?«, will Jana wissen.

»Na, ich«, antwortet der YouTuber. »Wir sind wegen mir hier, also geh ich auch vor. Bobby, bleibst du bitte bei Olli?«

»Kann ich auch mit Jana mitgehen?«, fragt der Hund und schmiegt sich an das Bein der Gamerin. Sie lächelt und krault ihn am Kinn. Olli verdreht die Augen, um nicht zu zeigen, wie sehr es ihn trifft, dass der Hund jemanden vorzieht, den sie erst seit so kurzer Zeit kennen.

»Ja, von mir aus. Hauptsache du rennst nicht einfach los und bleibst immer bei einem von uns. Seid ihr bereit, Jungs? Und Mädels?«

Alle nicken, selbst Julian.

»Okay, dann los.«

# Kapitel 13

»Seht ihr den Felsvorsprung? Da lauf ich jetzt rüber. Ihr wartet auf mein Zeichen, klar? Keiner rennt einfach los. Und jeder einzeln! Bis auf dich, Bobby«, erklärt WannaBe noch mal.

»Ja, das haben wir schon beim ersten Mal verstanden. Jetzt geh!« Jana stupst ihn ungeduldig in Richtung des Steinblocks.

WannaBe sprintet geduckt zur nächsten Deckung. Er legt den kurzen Weg zurück, ohne gesehen zu werden, setzt sich auf die trockene Wiese und macht sich klein.

»Julian, los, jetzt du!«, ruft er so leise wie möglich. Doch der Nachbarsjunge zögert.

Auch Olli versucht ihn jetzt anzutreiben: »Komm schon. Hier ist weit und breit niemand. Wir müssen das nutzen, wenn keiner in unsere Richtung guckt.«

»Los, du packst das«, motiviert Jana ihn ebenfalls und klopft ihm auf die Schulter.

Julian überwindet seine Angst und rast mit Vollgas auf WannaBe zu. Er wirft sich halb auf den YouTuber, als er hinter den Stein hechtet. Olli und Jana gucken sich mit aufgerissenen Augen an. Unauffällig ist anders.

»Aua, muss das sein?«, motzt WannaBe leise.

»Tut mir leid ...« Julian kugelt sich so klein zusammen, wie er nur kann und gibt keinen Mucks mehr von sich.

WannaBe linst vorsichtig über den Felsvorsprung. Die fünf sind noch unentdeckt. Er schaut wieder rüber zu Jana, Olli und Bobby und will den nächsten rüberwinken. Mit einem Mal erstarrt er.

»Was ist denn los?«, will Julian flüsternd wissen.

Auch den anderen ist aufgefallen, dass etwas nicht stimmt. Sie werfen WannaBe fragende Blicke zu. Dieser hält seinen Zeigefinger vor den Mund. Nun nickt er mit dem Kopf, um sie aufzufordern, sich vorsichtig umzudrehen. Jana und Olli schauen hinter sich und gefrieren zu Eis.

»Was machen wir denn jetzt?«, fragt Julian panisch.

Ein Viererteam nähert sich den anderen.

»Jetzt hoffen wir, dass die blind sind«, antwortet WannaBe. »Oder ultraschlecht im Zocken.«

Bobby verschwindet hinter Olli und zieht sich die Schlappohren vor die Augen.

»Keine Angst, Kleiner. Wir passen auf dich auf«, versichert der Junge dem goldenen Dackel. Trotzdem kann sich Bobby ein leises Winseln nicht verkneifen.

»Warte mal. Der Skin von dem einen kommt mir ganz schön bekannt vor. Moment ...« Mit diesen Worten steht Jana aus ihrer Deckung auf und geht auf die Unbekannten zu.

»Spinnst du? Bleib hier!«, zischt Olli, aber die Gamerin ignoriert ihn.

»Was macht sie denn da?«, murmelt WannaBe entsetzt in sich hinein.

Bobby hält es nicht mehr aus. Er hat solche Angst, dass er zu seinem Herrchen rennt. »WannaBe!«, jault er. »Hilfe!«

Der YouTuber hält seine Arme auf, sodass sein Hund sich einfach hineinwerfen kann, ohne bremsen zu müssen.

»Ich hab dich, Bobby. Aber du musst jetzt bitte unbedingt leise sein«, erinnert ihn WannaBe.

»Guckt mal, schnell!«, erinnert der Nachbar die beiden wieder, dass die Gefahr noch lange nicht vorbei ist.

Jana geht weiter auf die Fremden zu, als würde es sie überhaupt nicht interessieren, dass alle vier mattschwarze Sturmgewehre bei sich tragen.

»Die ist wahnsinnig«, mimt Olli stumm.

»Leute, entspannt euch!«, ruft Jana. »Der eine Trottel hier ist mein kleiner Bruder Tjark.«

»Das ist jetzt nicht dein Ernst?«, fragt Olli entgeistert.

»Ich hab doch gesagt, ich kenn den Skin irgendwoher«, antwortet sie. »Reicht das nicht, wenn du mich zu Hause nervst? Muss das jetzt hier auch noch sein?«, wendet sie sich an ihren Bruder. »Bist du mir hier hinterhergerannt?«

»Bin ich gar nicht!«, antwortet er trotzig. »Ich hab gehört, wie du drüben in deinem Zimmer ständig was von WannaBe geredet hast. Und der hat ja schon seit Tagen nichts mehr hochgeladen. Deshalb wollte ich mal gucken, ob du hier irgendwas Komisches machst.«

»Du meinst, ob ich ihn gefangen genommen hab und als Geisel halte?« Jana lacht ihren Bruder aus.

»Na ja, ich dachte, ich kann vielleicht mal mit ihm reden oder so … Ich weiß, dass WannaBe gehackt wurde. Ich will helfen!«

Jana überlegt kurz, wie sie den Quälgeist und seine Freunde schnell loswird.

»Okay, du hast recht. Ich bin hier mit WannaBe unterwegs. Und ihr könnt wirklich was mach–«

»Cool, was genau?«, unterbricht ihr Bruder sie aufgeregt.

Jana seufzt. »Wir müssen dort hinten zum Trailerpark und das ohne, dass uns die Gamer da sehen und angreifen. Gebt ihr uns Rückendeckung? Ihr müsst einfach nur hier stehen bleiben und aufpassen, dass sich niemand von hinten anschleicht.«

»Mega! Machen wir! Gehört, Leute? Wir sind jetzt WannaBes Beschützer!«, ruft er seinen Kumpels stolz zu.

Jana kneift ihrem Bruder in die Wange, der das alles andere als lustig findet, und schleicht sich wieder zu Olli rüber.

»Sorry, weiter gehts«, entschuldigt sie sich. »Ich geh als Nächstes!«

WannaBe checkt die Lage ab und winkt sie heran. Leise, aber schnell schleicht sich Jana rüber und quetscht sich zwischen die beiden Nachbarn. Bobby schleckt ihr freudig über die Wange.

»Alles klar?«, fragt sie die drei.

»Das sollten wir lieber dich fragen!«, antwortet Julian. »Wer waren die denn? Ich dachte schon, wir sehen dich nie wieder!«

»Alles okay, keine Sorge.« Jana muss lachen. »Das war nur mein dämlicher kleiner Bruder. Er hat WannaBes Story gesehen und wollte unbedingt helfen. Ich hab ihm gesagt, er und sein Team sollen uns Rückendeckung geben, damit wir uns auf die Leute im Trailerpark konzertieren können.«

»Hey!«, zischt Olli rüber. »Ich bin auch noch da!«

Der YouTuber schaut vorsichtig über den Felsvorsprung. »Warte! Da hinten ist irgendwas los. Die rennen alle wild durch die Gegend«, berichtet der YouTuber. Noch bevor er weiterreden kann, explodiert einer der Trailer.

»Hat da einer eine Granate geschmissen?«, fragt Julian völlig entgeistert, während er sich wieder zusammenkauert.

»Kann sein. Oder jemand hat ein Feuer gelegt«, überlegt WannaBe.

»Du redest, als wär das das Normalste der Welt«, entgegnet Julian.

»Na ja … ist es hier doch auch«, antwortet Jana vorsichtig.

»Die Jungs haben mir gesagt, es ist sicher hier und keinem passiert irgendwas. Bis jetzt wurde ich schon fast erschossen, musste über einen tosenden Wasserfall rennen und jetzt gehen hier wenige Meter von mir entfernt auch noch Granaten hoch!« Julian ist völlig aufgelöst.

Bobby legt den Kopf auf seinen Schoß und guckt ihn mit großen Augen an. »WannaBe ist der beste Aufpasser der Welt! Mir ist noch nie was passiert. Also bist du auch sicher, wenn wir zusammenbleiben!«, spricht er Julian gut zu.

»Wie siehts denn aus? Kann ich jetzt endlich?«, ruft Olli.

»Die rennen immer noch alle wie bescheuert hin und her«, antwortet WannaBe.

»Ach, die sind bestimmt mit sich selbst beschäftigt. Da guckt jetzt keiner, was fünfzig Meter weit weg passiert«, lenkt Jana ein und winkt Olli rüber.

Alle fünf sind wieder vereint und quetschen sich zusammen in das Versteck.

»Wir müssen hier jetzt kurz warten, bis sich da drüben der Aufruhr etwas gelegt hat«, sagt WannaBe.

»Hoffentlich geht das schnell. Mir schläft jetzt schon alles ein. Lange kann ich hier so nicht hocken«, antwortet Olli mit gequältem Gesichtsausdruck.

»Guckt mal rüber. Die beruhigen sich langsam. Und ich glaube, es sind auch weniger geworden«, teilt der YouTuber seine Beobachtungen, nachdem er noch einmal über den Rand des Vorsprungs geschaut hat.

»Wo sind die denn plötzlich hin? Sind die etwa …?« Julian traut es sich gar nicht auszusprechen.

»Die sind nicht tot. Also nicht die Menschen, die Spieler. Die Charactere logischerweise schon. Aber das ist gut! Das heißt, dort liegen jetzt massig Rohstoffe rum. Und Waffen. Davon solltet ihr euch welche zulegen!«, rät Jana den Jungs.

»Ich will aber auf niemanden schießen!«, erhebt Julian sofort Einspruch.

»Musst du doch auch nicht. Aber lieber hast du eine und brauchst sie nicht, als dass du keine hast, wenn du sie doch brauchst«, erklärt sie.

»Was?«, fragt Olli völlig verwirrt.

»War klar, dass du den Satz nicht schnallst«, antwortet Jana. »Also, Julian, du musst damit nicht schießen. Manchmal ist es schon Abschreckung genug, wenn die anderen nur sehen, dass du eine hast.« Dass das nicht wirklich stimmt, musste der Junge ja nicht wissen.

»Waffen hin oder her, wir brauchen vorher einen Plan, wie wir da jetzt hinkommen. Vor uns liegt nur freies Feld, da gibts nichts mehr, wo wir uns verstecken können. Wir müssen in einem durchrennen. Irgendwelche Ideen?«, fragt WannaBe in die Runde.

»Ich glaube, wir müssen auf Risiko gehen«, meint Jana.

»Ich hasse dieses Wort ...«, sagt Julian seufzend.

»Vielleicht kann ich euch irgendwie decken«, überlegt die Gamerin weiter.

»Können wir uns nicht irgendein Ablenkungsmanöver ausdenken?«, fragt Julian. »Also ihr könnt mich jetzt für bescheuert halten, aber ich hab Feuersteine im Rucksack«, beginnt er.

»Du dachtest echt, wir machen einen Survival-Trip, oder?«, fragt Olli amüsiert.

Der Nachbarsjunge ignoriert den Seitenhieb und redet weiter: »Wenn wir hier ein bisschen trockenes Holz oder Gras zusammensuchen, kann ich ein Feuer legen. Bis das richtig lodert, sind wir schon längst weg von hier. Alle werden auf die Flammen gucken, nicht auf uns.«

»Wir können doch aber nicht alles abfackeln! Das Feuer breitet sich so schnell aus, da kommen wir doch gar nicht rechtzeitig weit genug weg!«, widerspricht WannaBe.

»Wir begrenzen die Flammen logischerweise. Dafür brauchen wir nur ein paar Steine und die liegen hier überall rum. Außderdem sind wir immer noch in einer virtuellen Welt. Da laufen die Dinge doch ein bisschen anders als in der normalen, oder nicht?«

»Das ist eine ganz bescheuerte Idee!«, beschwert sich Olli.

»Hast du denn eine bessere?«, fragt Jana herausfordernd.

»Wie wärs denn, wenn wir ... wenn wir ...« Der Sportler überlegt, muss aber nach Kurzem zugeben: »Okay, nein.«

# Kapitel 14

Die Freunde sammeln ein paar trockene Äste, die sie in der Nähe des Felsvorsprungs finden und schichten sie zu einem kleinen Haufen.

»Das reicht doch niemals«, kommentiert WannaBe.

»Das geht schon. Die Wiese drumherum brennt dann auch ein bisschen mit«, erklärt Julian. »Klar, das wird jetzt kein riesen Feuer, aber es soll ja nur Aufmerksamkeit erregen und nicht die ganze Welt abbrennen.« Nachdem sie mit Steinen noch eine Begrenzung für das Feuer gelegt haben, kramt der Nerd in seinem Rucksack, den Olli kurz zuvor auf dem Boden abgestellt hat, und holt die Feuersteine raus.

»Kann ich das machen?«, fragt Olli.

»Klar, hier. Aber warte, wir brauchen noch so was wie Heu oder trockene Baumrinde. Das entzündet sich schneller. Wenn wir die Funken gleich auf das Holz springen lassen, brauchen die viel zu lange, um größer zu werden.«

Olli pult ein dünnes Stück Rinde von einem trockenen abgebrochenen Stock. »Hier, reicht das?«

Julian nickt und reicht ihm die Steine. Der Sportler wetzt sie ein paarmal aneinander, während Julian ihm die Rinde hinhält und die Funken damit auffängt.

»Wieso geht das denn nicht?«, meckert Olli.

»Das dauert ein bisschen. Man braucht da Geduld«, erklärt Julian ihm.

»Weil ich ja so viel davon hab ...«

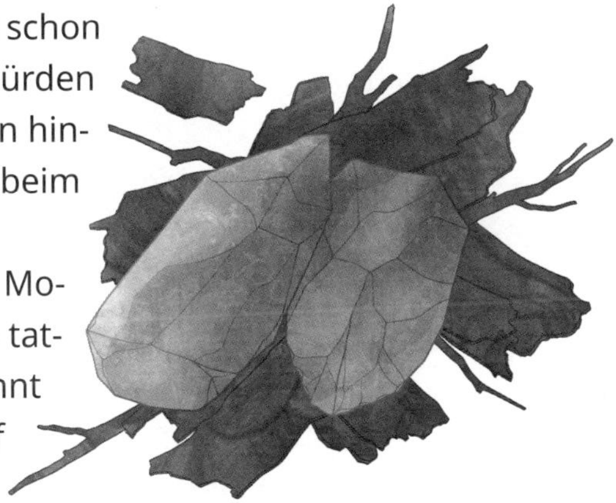

»Du machst das doch schon richtig gut! Andere würden überhaupt keine Funken hinkriegen und du schon beim ersten Versuch!«

Dank dieser kleinen Motivation klappt es dann tatsächlich: Die Rinde brennt und Julian wirft sie auf das restliche Holz.

»Kommt alle her, wir müssen die Glut jetzt gut schützen«, fordert er die anderen auf.

»Aber hier ist doch gar kein Wind«, erwidert WannaBe.

»Schon der kleinste Luftzug kann sie löschen, wenn es blöd läuft. Also gehen wir lieber auf Nummer sicher.«

Alle fünf versammeln sich um die kleine Feuerstelle herum und schirmen sie einige Minuten lang ab. Selbst Bobby versucht mitzuhelfen und zwängt sich zwischen WannaBes Beine. Dank der Rückendeckung von Janas Bruder können sich die Freunde sicher sein, nicht hinterrücks überfallen zu werden. Immer wieder werfen sie kontrollierende Blicke in Richtung Trailerpark.

Endlich lodern die ersten kleinen Flammen auf.

»Yes!«, ruft Olli in Gewinnerlaune und schlägt mit Julian ein.

Die Eifersüchteleien wegen Janas Aufmerksamkeit scheint er durch den Erfolg vergessen zu haben.

»Und jetzt?«, fragt WannaBe.

»Na, wir müssen hier weg, bevor die Leute im Trailerpark das Feuer sehen, und auf die Rückendeckung von meinem Bruder und seinen Freunden vertrauen«, antwortet Jana. »Wir verhalten uns jetzt ganz unauffällig. Wir gehen langsam hintereinander und mit ein bisschen Abstand zwischen uns dort hin. Niemand redet, niemand rennt und niemand fällt hin, okay? Und wenn jemand in unsere Richtung guckt, bleiben wir stehen«, leitet sie die Jungs an.

»Dir ist schon klar, dass das keine Tiere sind und dass die uns auch sehen können, wenn wir uns nicht bewegen, oder?«, wirft WannaBe misstrauisch ein.

»Ich bin ja nicht bescheuert. Aber wenn ich mich entscheiden müsste, ob ich jetzt einen stillstehenden Gamer oder ein großes Feuer gefährlicher finde, dann ja wohl das Feuer. Genau deshalb müssen wir ein bisschen Abstand zueinander halten. Damit man uns nicht auf einem Haufen sieht und sofort als Gruppe erkennt.«

»Da hat sie wohl recht«, stimmt Julian zu.

»Können wir das Feuer nicht noch irgendwie explodieren lassen?«, fragt WannaBe. »Also damit es einfach schneller auffällt.«

»Das ist viel zu gefährlich, wenn wir noch in der Nähe sind!«, protestiert Olli sofort lautstark.

»Okay, okay, war ja nur eine Frage ...«, sagt der YouTuber beschwichtigend.

Die fünf setzen sich in Bewegung. WannaBe geht mit

Bobby voraus, gefolgt von Julian. Dahinter schließt sich Jana an. Das Schlusslicht ist Olli. Ganz langsam schlendern sie zum Trailerpark, als wäre es das Normalste der Welt. Bisher hat noch niemand in ihre Richtung geschaut. Plötzlich knallt es vor ihnen wieder.

»Wie viele Granaten haben die denn?«, fragt Julian schockiert.

»Pscht!«, ermahnen ihn die anderen gleichzeitig.

»Das können Massen sein«, flüstert WannaBe möglichst leise nach hinten.

»Aber je mehr sie jetzt schon benutzen, desto weniger haben sie noch übrig, wenn wir da sind«, versucht Jana ihn zu beruhigen.

»Also falls ich mich dadurch jetzt sicherer fühlen soll ... Klappt nicht«, antwortet Julian.

Noch ein Knall.

»Wozu haben wir denn das Feuer gemacht, wenn die sich eh selber ausschalten?«, murmelt Olli und seufzt.

»Da werden bestimmt noch ein paar übrig bleiben«, sagt WannaBe. »Auf jeden Fall haben die gerade echt andere Probleme, als auf unsere mickrigen Flämmchen zu achten, das stimmt wohl. Aber hey, du hast dein erstes Feuer gemacht, Olli! Ganz umsonst wars nicht!«

»Stimmt«, steigt sein bester Freund ein. »Und das sogar in einer virtuellen Welt. Das erzähl ich irgendwann stolz meinen Kindern!«, witzelt er weiter.

»Dazu müsstest du erst mal ein Mädchen finden, dem du nicht so dermaßen auf den Geist gehst«, stichelt Jana.

Die fünf kommen dem Trailerpark immer näher, in dem

nach wie vor noch Granaten explodieren. Sie hören Schüsse und die Gamer, die sie dort sehen, werden immer weniger.

»Da verstecken sich bestimmt einige in den Trailern. Wir müssen wirklich vorsichtig sein«, meint Jana.

Auf einmal klingelt WannaBes Handy. »Das kann doch jetzt nicht wahr sein!«, ruft er ein bisschen zu laut.

»Was ist denn? Sinds wieder die Hacker?«, will Olli wissen.

WannaBe nickt und winkt Julian heran. »Komm mal mit her! Zu zweit sehen wir mehr.« Er geht ran und der Nerd stellt sich gespannt neben ihn. Es ist wieder ein Videoanruf.

**»Du hast ja immer noch nicht aufgegeben. Hätten wir dir gar nicht zugetraut. Aber vielleicht wars das eh gleich für dich, so wie es im Trailerpark gerade abgeht. Da steht doch bald keiner mehr aufrecht.«**

»Wieder der Greenscreen«, flüstert WannaBe Julian zu.

**»Aber weit bist du ja noch nicht gekommen. Peinlich. Du bist doch angeblich so ein krasser Gamer.«**

Der Satz macht WannaBe richtig wütend. Er muss sich zusammenreißen, jetzt nicht auszurasten. Sein Kiefer knackt schon, so sehr beißt er die Zähne zusammen.

**»Oh, hab ich da etwa einen wunden Punkt getroffen?«**, fragt der Anführer höhnisch. WannaBe atmet tief durch und antwortet nicht.

**»Haben wir dir eigentlich schon gesagt, dass es ein Zeitlimit gibt? Du suchst jetzt schon den dritten Tag. Wir dachten, du kriegst das schneller hin. Den ersten, an dem dein Hund die Karte gefunden hat, hast du komplett verschwendet. Du musstest dich ja beim Grillen vollfressen. Am nächsten Tag hast du schön einen auf Happy Family mit deiner Tante**

gemacht und dachtest großkotzig, du würdest das alles in einer Nacht schaffen. Tja, und jetzt bist du noch nicht mal in der Nähe vom Schatz und der dritte Tag ist fast vorbei.«

»Ist schon Abend?«, fragt WannaBe Julian schockiert. Sein Nachbar guckt auf die Uhr und nickt besorgt.

»Ach, mach dir keinen Kopf. Wir sind ja nett. Deshalb geben wir dir noch zwei Tage. Übermorgen bist du mit dem Schatz zurück, wir machen unseren Tausch und alle sind glücklich. Und wenn nicht … na ja, dann behalten wir deinen Account und gucken mal, was wir damit anstellen. Vielleicht verkaufen wir ihn auch einfach. Der ist ja echt massig Kohle wert. Ach so, und noch was. Was hast du dir eigentlich dabei gedacht, dass du deine Follower jetzt nach uns suchen lässt? Dachtest du ernsthaft, wir würden das nicht mitbekommen?«

»Die sind jetzt richtig sauer«, sagt WannaBe leise und starrt auf den jetzt schwarzen Bildschirm. »Findest du es immer noch eine gute Idee, die Community mit reinzuziehen?«

»Du hast sie nicht mit reingezogen. Du hast nur gefragt, ob sie dir Bescheid geben, wenn sie was sehen. Du hast niemanden zu irgendwas verpflichtet«, versucht Julian, seinen Freund zu beruhigen.

»Hast schon recht, aber trotzdem … Ich will echt nicht, dass wegen mir jemand in Gefahr gerät.«

»Ist dir was aufgefallen?« Julian wechselt das Thema.

»Was soll mir denn aufgefallen sein?«

»Hast du mal genau hingehört? Da hats die ganze Zeit gerumpelt, als würde es gewittern. Und der Greenscreen hat ein bisschen geflattert. Die haben da nur so ein Tuch und keinen richtigen Screen.«

»Also sind das keine professionellen YouTuber!«, kombiniert WannaBe.

»Oder sie legen einfach nicht so viel Wert auf so was«, überlegt sein Nachbar. »Aber noch viel wichtiger ist, dass bei denen ein Unwetter ist! Wir könnten jetzt also theoretisch googeln, wo es gerade gewittert. So könnten wir den Aufenthaltsort der Hacker wenigstens ungefähr eingrenzen.«

»Und genau deshalb ist es toll, dass du hier bist, Julian!«, ruft WannaBe freudig und drückt ihn kurz. »Ich fand dich am Anfang echt seltsam und wollte dich ehrlich gesagt gar nicht mitnehmen. Aber wenigstens hab ich einmal im Leben auf Olli gehört! Der wusste genau, dass du wichtig bist, du cooles Superbrain!«

»Das hat Olli gesagt?«

»Ja! Der mochte dich sofort. Irgendwie kommt er immer direkt mit allen gut klar, als würde er neue Freunde magisch anziehen. Keine Ahnung, wie er das macht.«

»Könnt ihr uns mal einweihen?«, flüstert Jana, die ein Stückchen entfernt mit Bobby gekuschelt hat.

WannaBe winkt die Gruppe weiter. Er will, dass sie sich alle am Trailerpark sammeln, damit er dort in Ruhe erzählen kann. Der YouTuber schlendert ganz unauffällig voran, obwohl sich wahrscheinlich eh keiner für ihn und seine Freunde interessiert. Die Gamer im Trailerpark sind entweder dem Erdboden gleichgemacht oder schnell abgehauen.

An einem völlig heruntergekommenen Container, der ganz am Rand rumsteht, macht WannaBe Halt und wartet auf die anderen.

»Sollen wir nicht reingehen?«, fragt Julian.

»Wir wissen nicht, ob sich da noch jemand versteckt«, antwortet WannaBe.

»Ich geh schnell gucken«, bietet Jana an.

»Nein, auf gar keinen Fall!«, ruft Olli.

»Jungs, ihr habt noch keine Waffen. Ich schon, also lasst mich nachgucken.« Schussbereit und mit dem Rücken zum Trailer schleicht sie sich zum Eingang. Sie linst von der Seite hinein.

Keiner zu sehen. Die Gamerin dreht sich weiter, bis sie halb in der Tür steht und schaut sich erneut um. Immer noch niemand da. Also geht sie rein und prüft jede Ecke.

»Kommt her, hier ist alles safe!«, ruft sie.

Die Jungs folgen ihr und schauen sich im etwa zehn Quadratmeter großen Trailer um. Es sieht aus, als wäre seit Jahren niemand mehr darin gewesen. An den Decken hängen dichte Spinnweben, deren Bewohner die hochgehenden Granaten anscheinend null gestört haben. Auf dem Boden krabbeln überall Kakerlaken und die Stoffbezüge der zwei Sitzbänke an den Seiten sind völlig zerrissen und fleckig.

»Los, WannaBe, jetzt erzähl uns endlich, was die Hacker gesagt haben!« Olli kann es kaum erwarten.

»Also außer, dass sie die ganze Zeit versucht haben, mich aus der Reserve zu locken, kam nicht viel Neues. Eine Sache vielleicht ... Wir haben nur noch bis übermorgen Zeit.«

Olli ist guter Dinge. »Bis übermorgen ist doch easy. Dass wir das heute nicht mehr packen, ist klar. Aber morgen locker! Und irgendwo werden wir doch jetzt bestimmt ein Auto finden.«

»Selbst wenn wir den Schatz morgen finden, müssen wir ihn auch noch zu denen bringen«, entgegnet WannaBe.

»Und wohin?«, schaltet sich auch Julian ein.

»Ich hab keine Ahnung, die haben mir noch nichts gesagt. Aber vermutlich nicht zu ihrem Versteck, damit würden sie sich ja selber verraten. «

»Und gibts irgendwelche neuen Hinweise?«, fragt Jana.

WannaBe berichtet vom Gewitter und dem unprofessionellen Greenscreen.

»Na, das ist doch schon mal was!«, ruft die Gamerin freudig. »Am Ende ist das so einer, der denkt, die Abonnenten würden einem ohne viel Arbeit einfach zufliegen. Und als er gemerkt hat, dass das so nicht klappt, ist er neidisch auf dich geworden. Schon hat er ein Motiv. Fall gelöst, Leute!«

»Okay, das klingt echt plausibel«, gibt WannaBe zu.

»Siehst du! Ich hab dir schon von Anfang an gesagt, das ist bestimmt ein Hater«, erinnert ihn sein bester Freund.

»Wollen wir jetzt endlich mal die Wetterkarten checken?«, fragt Julian, der nach wie vor dringend nach Hause möchte.

»Ich würde sagen, wir bringen erst mal den Trailerpark hinter uns«, schlägt WannaBe vor. »Dann können wir im Sicheren übers Wetter fachsimpeln.«

# Kapitel 15

Die Freunde wollen sich gerade wieder in Bewegung setzen, als Jana plötzlich stehenbleibt und lauscht.

»Habt ihr das gehört?«, flüstert sie und geht auf einen Schrank zu. Sie signalisiert den Jungs, leise zu sein, und winkt WannaBe ran. Die Gamerin zieht ihre Waffe und deutet auf die Schranktür. Er öffnet sie und Jana macht sich bereit, abzudrücken.

»Nicht schießen, bitte! Ich mach nichts, versprochen!« Im Schrank sitzt ein Junge und hält die Hände hoch, als würde er sich ergeben.

»Der klingt ja wie du, Julian«, witzelt Olli.

»Waffe her!«, fordert Jana den Jungen auf. Er legt sie auf den Boden und schiebt sie zu ihr rüber. »Wer bist du und was machst du hier?«

»Ich ... Ich ...«

»Meine Güte ... Komm erst mal da raus.« Jana streckt ihm ihre Hand entgegen.

Der Junge bleibt mit aufgerissenen Augen stehen.

»Du! Du bist WannaBe!«, ruft er und zeigt mit dem Finger auf den YouTuber. »Ich kenn alle deine Videos auswendig!

Alle! Dabei spiel ich gar kein Fortnite! Also bis jetzt. Ich hab heute angefangen, weil ich helfen wollte, die Hacker zu finden!«, sprudelt es aus dem Jungen heraus, dann deutet er auf den kleinen schimmernden Hund. »Und das ist Bobby, oder?«

»Jep! Hast du Snacks?«, fragt der Dackel frech.

»Huch, der kann reden?«

»Würdest du uns jetzt vielleicht erst mal verraten, was du hier vorhattest?«, will Jana immer noch wissen.

»Na, hier sind doch überall Granaten hochgegangen und alle haben geschossen. Ich spiel heute zum ersten Mal. Ich hab Panik gekriegt und mir ein Versteck gesucht.«

»Okay, also keine Sorge, hier tut dir keiner was.« WannaBe geht auf den Jungen zu und reicht ihm die Hand. »Wir müssen jetzt aber leider weiter. Hat mich gefreut und danke für deine Unterstützung!«

Die Freunde verlassen den Trailer und schauen sich weiter aufmerksam um. Es scheint wirklich niemand mehr da zu sein. Und wenn doch, wird sich vermutlich keiner trauen, eine Fünfergruppe anzugreifen.

»Wir suchen euch jetzt ein paar Waffen und dann gehts weiter, oder?«, fragt Jana.

»Ja, genau, das war der Plan.« WannaBe nickt.

»Hier haben echt einige ins Gras gebissen, so viel Zeug, wie hier rumliegt.«

»Wär nur schön, wenn mal ein paar ordentliche Gewehre auffindbar wären.«

»L-Leute? Was ist denn das für ein Monster?«, fragt Julian, der sich hinter einem halb explodierten Trailer umsieht.

»Glückwunsch, du hast eine Pumpgun gefunden!« Olli klopft ihm auf die Schulter.

»Eine was?« Der Nerd ist völlig entgeistert. »Ihr wollt doch hoffentlich nicht, dass ich dieses Ding benutze, oder?«

»Nein, wir suchen was Kleineres für dich. Vielleicht liegt hier irgendwo eine Pistole rum. Ich nehme die Pumpgun.«

Während sie weitersuchen, klingelt wieder einmal WannaBes Handy.

»Das sind jetzt nicht schon wieder die Hacker, oder?«, fragt Olli direkt.

»Schlimmer.«

WannaBe schluckt nervös und geht ran: »Hallo, Mama.«

Die beiden anderen Jungs gucken einander mit aufgerissenen Augen an. Jana hingegen hat keine Ahnung, worin das Problem liegt.

»Sie denkt, wir sind bei seiner Tante und machen Urlaub«, erklärt Olli ihr kurz.

»Oh, verstehe …«

»Uns gehts super, danke! Ich hab dich noch gar nicht angerufen, seit wir los sind, tut mir leid. Aber wir sind die ganze Zeit unterwegs … Klar, wir passen auf uns auf … Nein, wir haben uns noch nicht gestritten und Julian gehts auch gut. Wir verstehen uns echt sogar noch besser als gedacht.« Der YouTuber versucht, seine Mutter zu beruhigen, ohne sie dabei anzulügen. »Ja, ich ruf dich wieder an, versprochen! Tschüss!« Erleichtert legt WannaBe auf. »Gott sei Dank konnte ich sie so schnell abwimmeln. Wieso hat deine Mama eigentlich noch gar nicht durchgeklingelt, Julian? Sie hätte dich doch am liebsten nur mit Polizeischutz mitfahren lassen.«

»Ich hab ihr gesagt, sie soll mich bitte nicht ständig anrufen. Ich wollte nicht, dass es peinlich wird. Ihr denkt eh schon, ich bin langweilig und uncool und pass gar nicht dazu.«

»So ein Blödsinn!«, widerspricht Olli direkt. »Das, was du hier geleistet hast, soll dir erst mal jemand nachmachen! Du durftest ewig nicht mehr alleine verreisen, hast keine Ahnung von Videospielen, kanntest uns bis vor Kurzem kaum und trotzdem stürzt du dich mit uns in so ein abgefahrenes Abenteuer!«

»Danke ...«, erwidert Julian verlegen, kramt sein Handy aus seinem Rucksack und tippt eine Nachricht.

»Und du solltest mal Maren anrufen, oder WannaBe?«

»Stimmt, Mist ... Was soll ich ihr denn sagen?«

»Na, wenn ihr abends lange weg seid, seid ihr auf einer Party, ist doch wohl klar«, antwortet Jana.

»Ich bin eigentlich kein Partygänger.«

»Dann wirst du jetzt eben zu einem. Jugendliche, die nie auf Partys gehen? Kommt schon«, sagt die Gamerin lachend.

»Auf was für einer Party sollen wir denn angeblich sein? Erstens sind wir noch zu jung, um in einen Club reinzukommen, und zweitens haben wir einen Hund dabei.«

»Schon mal was von Hauspartys gehört?«

»Das wäre echt eine Option.«

»Ihr habt unterwegs ein paar Jungs kennengelernt und die haben euch eingeladen. Fertig. Gern geschehen«, plant Jana die Ausrede zu Ende.

»Gekauft!«, ruft Olli. »Jetzt ruf an, WannaBe!«

Der YouTuber wählt die entsprechende Nummer. Es klingelt und klingelt. »Wieso geht die denn nicht ran? Ich dachte, sie wartet schon auf uns.« Der YouTuber ist fast schon beleidigt.

»Vielleicht hat sie es nicht gehört«, vermutet Julian.

»Versuchs später noch mal. Lasst uns jetzt weitersuchen. Ihr beide braucht noch Waffen«, mahnt Olli und zeigt auf seine beiden Freunde.

Die fünf durchforsten den Trailerpark und stiefeln an Unmengen an Rohstoffen von ausgeschalteten Gamern vorbei. Bobby rennt hechelnd um den ganzen Kram herum. Für ihn ist das hier ein riesiger Spielplatz.

»Pass auf, Bobby! Hier kann gefährliches Zeug rumliegen!«, ruft WannaBe ihm zu.

»Ja, ich bin doch kein Welpe mehr!«, antwortet er und schnüffelt fröhlich weiter.

»Jungs?«, ruft Jana. »Kommt mal hier rein!«

Sie ist in einem Trailer verschwunden, der ausnahmsweise nicht halb in die Luft gegangen ist. Hier scheint es dafür eine ordentliche Schießerei gegeben zu haben.

»Ich glaube, hier finden wir einiges.«

»Da hätten wir schon mal ein Revolver für dich, Julian!« Olli streckt ihm eine kleine Waffe entgegen.

»Muss das wirklich sein?«, fragt der Nerd widerwillig.

»Ja, muss es. Und pack die ja nicht in deinen Rucksack. Du musst die immer griffbereit haben!«

Julian wird ganz blass und greift zu.

»Nie im Leben hätte ich gedacht, dass ich mal so was in der Hand halte«, sagt er ganz betroffen.

»Und ich hätte nie gedacht, dass ich irgendwann durch ein Portal in eine andere Welt springen muss«, entgegnet WannaBe. »Das wird schon. Bitte hab sie einfach bei dir.«

»Hast du irgendwelche Wünsche, WannaBe?«, fragt ihn Jana.

»Wegen einer Waffe? Ist mir eigentlich ziemlich egal, ich komm mit allem zurecht.«

Olli lacht und zwinkert ihm zu. »Angeber.«

»Hier!« Jana hält WannaBe nun einen Raketenwerfer unter die Nase.

»Na ja …«

»Das war ein Scherz. Willst du die hier?« Jetzt steht die Gamerin mit einer Maschinenpistole vor ihm.

»Klassiker. Nehm ich!« WannaBe greift zu und zuckt plötzlich zusammen. Sein Handy klingelt schon wieder.

»Ist das Maren?«, fragt Olli.

»Ja. Also ich tische ihr die Partystory auf?«, vergewissert sich WannaBe noch mal.

Alle nicken.

»Hi, Maren! Ich wollte dir nur Bescheid geben, dass wir etwas später zurückkommen, wenn das okay ist. Wir haben hier paar Jungs getroffen und die schmeißen eine Ferienparty«, beginnt der YouTuber und schaltet den Lautsprecher ein.

***»Wo ist das denn? Und wie heißen die Jungs?«***

»Äh … Das ist … Ich kenn die Straßennamen hier nicht …«, stammelt WannaBe los. »Aber du weißt doch, wo die Apotheke ist, oder? Da gegenüber in den Wohnhäusern. Und der, bei dem das ist, heißt … Theo! Theo Schütze!«

Olli zeigt ihm Daumen nach oben.

***»Okay. Und wann genau erzählst du mir, was ihr wirklich macht? WannaBe, ich hab deine Instagram-Story gesehen.«***

Dem YouTuber hat es die Sprache verschlagen.

***»Jetzt bist du baff, oder? Hier tratschen alle wie die Hühner. Du solltest echt beten, dass deine Eltern nichts davon mitbekommen.«***

»Du musst mich unbedingt decken, wenn die das rauskriegen! Bitte!«, fleht WannaBe seine Tante an.

***»Ich muss hier erst mal gar nichts, solange du mir nicht erzählst, was Phase ist.«***

Der YouTuber guckt seine Freunde verzweifelt an, doch diese nicken ihm bestärkend zu.

»Okay. Du wirst mich jetzt für völlig bescheuert halten, aber was wir dir jetzt erzählen, ist echt genau so passiert. Das schwöre ich bei meinem YouTube-Kanal!«

WannaBe winkt Olli sowie Julian heran und Jana geht mit Bobby ein paar Meter weiter spielen, damit er nicht aufgeregt ins Telefonat reinredet.

Die Jungs berichten von der Karte, dem Video, ihrer geplanten Nacht-und-Nebel-Aktion und dass sie jetzt in der virtuellen Welt gefangen sind.

Am anderen Ende der Leitung herrscht Stille.

# Kapitel 16

***»Du willst mich doch veräppeln, oder? Drehst du gerade ein Streich-Video oder wie das heißt? Ist das für irgendeine neue Serie auf YouTube?«***, sprudelt es plötzlich laut aus Maren heraus und WannaBe hält das Telefon von sich weg.

»Ich hab euch gesagt, sie wird mir nicht glauben«, flüstert WannaBe seinen Freunden zu und zuckt mit den Schultern.

»Es stimmt wirklich!«, mischt sich Olli wieder ein, der sich schon auf den Weg zu Jana und Bobby gemacht hatte.

»Ja, echt! Ich bin wirklich durch dieses Portal gefallen!«, will auch Julian seinen Freund unterstützen.

***»Ist mir schon klar, dass ihr alle zusammenhaltet!«***

»Wir können dir sagen, wo das Portal ist, und dann wirst du ja sehen, ob wir dich anlügen!«, schlägt WannaBe vor.

***»Ich sag euch eins: Wenn das hier ein schlechter Scherz ist, könnt ihr euch frischmachen. Ich ruf euch zurück.«***

Es tutet dreimal. Maren hat aufgelegt.

»Hab ich ihr das echt gerade erzählt?« WannaBe versteckt sein Gesicht in seinen Händen.

»Du hattest doch keine andere Wahl!«, will ihm Jana, die sich gemeinsam mit Bobby inzwischen zu den Jungs gesellt hat, gut zureden.

»Die denkt doch, ich bin völlig durchgedreht …«

»Selbst wenn sie das denkt, ändert das jetzt eh nichts für dich. Wir müssen hier weitermachen. Hast du mal in deine DMs geguckt, ob jemand was Hilfreiches gesehen hat?«

»Ach, warte, ich muss noch eine neue Story machen! Wir haben doch jetzt mehr Hinweise! Aber lasst uns nebenbei weiter den Trailerpark durchsuchen, wir haben keine Zeit mehr zu verschenken.«

Die Gruppe setzt ihren Weg fort und noch bevor WannaBe anfangen kann, sich an seine Follower zu wenden, ruft Maren erneut an.

***»Also ich muss völlig bescheuert sein, dass ich das hier mitmache, aber ich fahr jetzt los. Wo genau muss ich hin?«***

WannaBe hört ein Rumpeln im Hintergrund.

»Was ist denn los bei dir?«

***»Was soll denn los sein?«***

»Was ist da so laut?«

***»Na, das Gewitter vielleicht?«***

»Wie, es gewittert bei dir?«

***»Ja, geht gerade los. Das ist von deinen Eltern hierhergezogen. Sag mir jetzt bitte einfach, wo ich hinfahren soll.«***

WannaBe beschreibt den Standort des Portals im Park so genau wie möglich und erntet von allen ein bestätigendes Nicken.

»Ruf mich bitte an, wenn du da bist! Und geh nicht zu nah ran!«, warnt er sie noch.

***»Wehe, das ist ein Streich!«***, droht Tante Maren zum Abschied und legt wieder auf.

»Habt ihr das gehört? Es gewittert bei ihr! Wann haben die Hacker angerufen?«, fragt WannaBe seine Freunde, die nebenbei Ausschau nach weiteren nützlichen Materialien gehalten haben.

»Vor einer Stunde oder so, schätze ich«, antwortet Julian.

»Da war das Gewitter definitiv noch bei meinen Eltern. Denkt ihr, die Hacker sitzen die ganze Zeit bei uns in der Stadt und lachen sich einen ab, weil wir sie nicht finden?«

»Das wär doch viel zu einfach«, sagt Olli zweifelnd und wirft einen kleinen Metallstab, den er gerade vom sandigen Boden aufgehoben hat, wieder weg.

»Aber vielleicht ist genau das der Trick. Die denken, da würden wir niemals suchen, eben weil es irgendwie zu einfach wäre. Und das machts zum perfekten Versteck«, überlegt Julian laut.

»Das könnte natürlich sein«, stimmt Olli jetzt doch zu.

»Wollen wir langsam weiter zur Wohnsiedlung? Wir finden doch hier eh nichts Brauchbares mehr«, schlägt WannaBe vor.

»Wartet mal! Wo ist denn Bobby?« Jana schaut sich suchend um.

»Ist der Kleine schon wieder irgendwo verschwunden ...«, schimpft WannaBe.

»Bobby! Komm, wir wollen weiter! Wo bist du denn?«, ruft Jana.

»Iff bin hieh!«, ruft der Dackel mit vollem Maul und rast zu den anderen.

»Was hast du denn da?«, fragt der YouTuber und die Gruppe bleibt stehen.

Bobby lässt einen faustgroßen Gegenstand vor seinem Herrchen fallen und antwortet: »Keine Ahnung. Das hat so toll gefunkelt wie mein Fell, also hab ichs mitgenommen. Da war eine riesige Kuhle und das lag halb verschüttet mit noch haufenweise anderem Zeug da drin.«

WannaBe hebt das Ding auf. »Was soll das denn bitte sein?«

Jana greift zu und dreht den Fund in ihren Händen hin und her.

»Das sieht aus, als wäre es irgendwo abgebrochen. Aber dieses Material … Ich hab so was noch nie gesehen …«

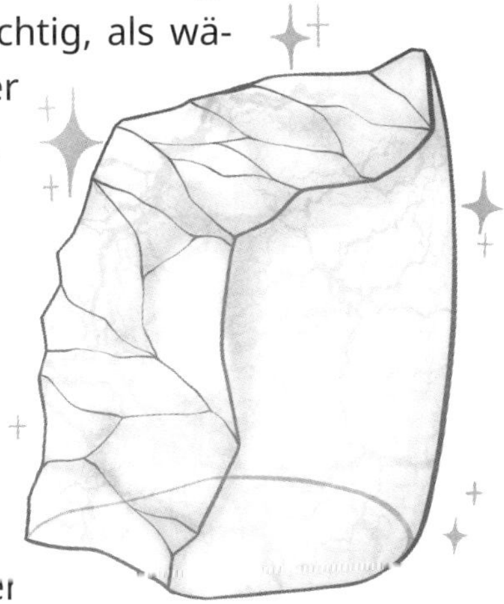

Der Gegenstand ist durchsichtig, als wäre er aus Glas. Gleichzeitig ist er trotz seiner Größe federleicht. Er schimmert im Licht in den verschiedensten Farben und beim genauen Hinsehen lassen sich ganz feine silberne Maserungen in seinem Inneren erkennen.

»Glaubt ihr, das könnte noch mal wichtig werden? Oder ein Hinweis auf irgendwas sein?«, fragt die Gamerin.

Olli macht kurzen Prozess. »Einstecken und weiter.«

Julian packt das mysteriöse Bruchstück in seinen Rucksack, zückt die Karte und weist die Gruppe in Richtung des nächsten Ziels: die alte Wohnsiedlung. Erschöpft setzen sich die Freunde wieder in Bewegung. Ein fahrbarer Untersatz ist immer noch nicht in Sicht.

Nachdem sich die Gruppe weit genug vom Trailerpark entfernt hat, sodass dieser im Hintergrund kaum noch zu erkennen ist, zückt WannaBe sein Handy und nimmt während des Fußmarschs eine neue Story auf:

*»Hey Freunde! Ich hab ein Update. Bei den Hackern hat es vorhin gewittert. Und wisst ihr, wo noch? Bei mir in der Stadt! Es kann also echt sein, dass die sich ganz in der Nähe verstecken und sich total sicher fühlen, weil da keiner sucht. Und noch was Wichtiges: Die haben ein Greenscreen-Tuch. Also nichts Professionelles. Wir suchen vermutlich keine YouTuber, die das wirklich ernstnehmen, sondern welche, die das als Hobby machen. Wenn überhaupt.*
*Bitte schreibt mir weiter fleißig, falls euch was auffällt! Ich hab schon hunderte Nachrichten bekommen, danke! Ihr seid wirklich eine mega Community! «*

Beim Hochladen stolpert er fast über einen Stein. »Okay, ich guck jetzt mal in die DMs«, murmelt er und scrollt im Weiterlaufen durch seine Nachrichten. Etwas lauter berichtet er kurz darauf: »Alle suchen wie wahnsinnig, nur irgendwas Nützliches hab ich immer noch nicht gefunden. Aber hier gibt es jemanden, der glaubt auch an diese Hater-Nummer und ist gerade richtig aktiv auf der Suche nach allen, die online mal was Schlechtes über mich gesagt haben.«

Jana lacht. »Na, das nenn ich mal Einsatz!«

Mittlerweile ist es in der realen Welt schon Nacht. Das bekommen die Freunde in der digitalen Welt natürlich nicht mit, denn es gibt keine Sonnenuntergänge und auch Müdigkeit verspüren sie nach wie vor nicht. Sie wissen nur dank ihrer Handys und Julians Armbanduhr, wie spät es ist.

»Wollte sich Maren nicht eigentlich noch mal melden?«, fragt Olli in die Runde, während die Gruppe ihren Weg unermüdlich fortsetzt.

»Vielleicht stimmt was nicht!«, sagt Julian besorgt.

»Ich ruf sie mal an. Aber lasst uns nebenbei weitergehen, Leute. Wir haben immer noch Zeitdruck.« Der YouTuber wählt Marens Nummer. Es tutet. Sein Herz klopft immer lauter und er bleibt kurz stehen, doch endlich geht sie ran.

***»WannaBe! Was um alles in der Welt ist das hier? Spinne ich jetzt auch? Oder seh ich Gespenster, weil es schon so spät ist?«***

»Was ist denn los?«, fragt WannaBe aufgeregt. Er hat wie immer den Lautsprecher eingeschaltet und winkt seine Freunde ran, damit sie gut mithören können. Sie versammeln sich inmitten einer kleinen Baumgruppe, um anderen Gamern nicht direkt ins Auge zu springen.

***»Hier ist es so laut! Das klingt, als würde ein riesiger Föhn laufen. Oder ein Staubsauger, wie ihr gesagt habt. Und es ist so unglaublich warm, kaum auszuhalten! Hier flimmert die Luft vor Wärme wie in der Wüste.«***

»Das klingt, als wäre das Portal stärker geworden. Vielleicht, weil wir jetzt hier sind und das Gleichgewicht zwischen den Welten durcheinanderbringen oder so«, grübelt Julian laut. Dabei merkt er zu spät, dass er gerade mit seinen Schuhen in einer Matschpfütze versinkt. Schnell macht er einen Satz zur Seite.

»Bitte geh auf keinen Fall näher an das Portal ran! Hast du gehört, was Julian gesagt hat? Das scheint stärker geworden zu sein!«, bittet WannaBe seine Tante aufgeregt.

***»Irgendwas Unsichtbares will mich mit aller Kraft anziehen. Was ist denn das für ein komischer Streich hier? Ich versteh nicht, warum die Leute das nicht hören! Es ist mitten in der Nacht und dieses Ding macht so einen Lärm!«***

»Glaubst du uns jetzt?«

***»Ich würde ja echt gerne eine logische Erklärung dafür finden,***

*aber ich bin nicht umsonst Künstlerin und keine Wissenschaftlerin. Wartet mal ...«*

Mit einer Hand leuchtet Maren mit ihrer Handytaschenlampe in Richtung der unsichtbaren Kraft. Mit der anderen hebt sie einen Stein auf und wirft ihn. Er wird wirklich eingesogen und ist einfach verschwunden. Sie traut ihren Augen kaum.

»Tante Maren? Bist du noch dran?«, fragt WannaBe besorgt. Bobby, der gerade noch schwanzwedelnd zwischen dem YouTuber und Olli stand, rutscht immer näher an sein Herrchen und schmiegt sich an dessen Bein, um ihn zu beruhigen.

***»Ich hab gerade einen Stein dorthin geworfen. Und der ist echt weg. Einfach so. Das kann doch nicht wahr sein!«***

»Vielleicht hat den hier gerade einer voll auf den Kopf gekriegt!« Olli lacht. Er findet die Idee urkomisch. Genau in diesem Moment landet ein riesiger Tropfen auf seiner Stirn und er zuckt zusammen. Jana kann sich ein leises Lachen nicht verkneifen. Irritiert schaut der Sportler nach oben, es regnet gar nicht. Schnell stellt er aber fest, dass das Laub der Bäume von einem früheren Schauer nass sein muss.

***»Okay, Jungs. Was auch immer hier vor sich geht, scheint echt kein Spielchen zu sein. Ich fühle mich, als hätte ich völlig versagt. Ich hab deiner Mama doch versprochen, dieses Mal noch besser auf euch Acht zu geben, WannaBe! Ich versteh zwar immer noch nicht, was los ist, aber wie kann ich euch jetzt helfen? Ich mach mir echt Sorgen!«***

So besorgt hat WannaBe seine Tante noch nie gehört. Trotzdem ist er unglaublich erleichtert, dass sie ihm endlich glaubt und ihre Hilfe anbietet. Jetzt, wo sich die Anspannung seines Herrchens wieder gelegt hat, streift Bobby durch die nahestehenden, tropfenden Bäume. Jedes Mal, wenn sein Fell am Rücken nass wird, zuckt er leicht zusammen. »Ich finde Wasser echt doof«, schimpft der kleine Hund vor sich hin und WannaBe muss schmunzeln.

»Du könntest unsere Komplizin in der realen Welt werden!«, antwortet Julian währenddessen auf Tante Marens Frage. »Den ganzen Hinweisen, die uns die Hacker unabsichtlich geben, können wir hier ja nicht nachgehen. Und das, was WannaBes Follower beobachten, können wir auch nicht überprüfen, solange wir auf dieser Seite des Portals sind. Aber vielleicht könntest du das für uns machen?«

***»Ich werde also eure Privatdetektivin?«*** Maren hat ihren Humor wiedergefunden.

»Na ja, so ungefähr«, bestätigt WannaBe. »Du könntest auch mit meiner Community zusammenarbeiten. Meine Follower kennen ja schon alle Hinweise, die wir aktuell haben, und sind auch schon echt fleißig auf der Suche.«

***»Also muss ich mich da jetzt irgendwo anmelden oder wie geht das?«***

»Na ja, ein Instagram-Profil wäre gut. Da kannst du auch selbst was hochladen, wenn du was gefunden hast. Und meine Community kann dir schreiben.«

***»Okay und wie mach ich das?«***

Der YouTuber beginnt, die einzelnen Schritte aufzuzählen. Dabei läuft er auf und ab, um sich besser konzentrieren zu können, und tritt dabei fast in die gleiche Matschpfütze, in die Julian eben auch schon getappt ist.

***»Du erwartest jetzt hoffentlich nicht, dass ich mir das alles merke.«***

»Ich schick dir Screenshots, wie das geht.«

***»Alles klar! Aber eine Sache noch: Wenn ihr bis übermorgen nicht zurück seid, hol ich Hilfe!«***

Die WannaBe verabschiedet sich und die fünf Freunde verlassen ihr Versteck inmitten der kleinen Baumgruppe. Voller Tatendrang setzen sie ihren Weg zur Wohnsiedlung fort. Während sie gerade noch über Trampelpfade und durch hügelige Stoppelwiesen gestapft sind, ebnet sich die Strecke langsam und erinnert fast schon an einen Spazierweg durch den Wald. Die Sonne strahlt immer noch mit aller Kraft und bekommt nur hier und da Gesellschaft von ein paar kleinen Wolken.

»Also langsam werde ich echt müde«, gähnt Jana.

»Danke, dass du das mit uns durchmachst«, sagt WannaBe.

»Ach, ist doch cool ... Wer kann schon behaupten, einem der besten Fortnite-Spieler, die es gibt, geholfen zu haben?«

»Sind wir eigentlich bald mal da?«, fragt Olli.

»Allzu weit dürfte es nicht mehr sein«, antwortet Julian. »Wir müssten eigentlich bald von Weitem was sehen. Zumindest, wenn das wirklich eine alte Wohnsiedlung ist.«

»Ich wünschte, wir hätten ein Auto ...« Der sonst so sportliche Junge seufzt angestrengt, als WannaBe plötzlich ruft: »Guckt mal, dort!«

Die Freunde haben es endlich zum nächsten Ziel geschafft. Aus der Ferne sind ein paar heruntergekommene Holzhäuser zu sehen.

»Na toll, wieder massig Gelegenheiten für andere Gamer,

sich zu verstecken und uns von hinten zu überwältigen ...«, flucht WannaBe.

»Du bist hier in einem Survival-Shooter! Da gehts doch genau darum«, erinnert ihn Jana.

Als wäre das das Stichwort gewesen, hören die fünf plötzlich Schüsse in der Siedlung. Sie werfen sich erschrocken auf den Boden. Auch Bobby macht sich ganz klein und kugelt sich in der Achsel seines Herrchens zusammen.

Julian atmet so laut und schnell, dass WannaBe Angst hat, sein Nachbar hyperventiliert gleich. »Beruhige dich. Atme tief ein und aus, Julian!«, weist er ihn an.

»Asthmaspray!«, krächzt der Nerd und deutet auf seinen Rucksack.

»Was, du hast Asthma? Das hättest du uns mal sagen können!«, beschwert sich der YouTuber, drückt ihm aber schnell den Inhalator in die Hand.

»Besser, danke«, sagt Julian nach einmal Durchatmen. »Aber wenn es mitten in der Nacht in der realen Welt ist, wieso spielen denn noch so viele? Schlafen die nicht?«, fragt er verwirrt und rappelt sich wie die anderen wieder auf.

»Ist der niedlich.« Jana muss schmunzeln. »Es sind Ferien und von vielen sind die Eltern bestimmt auch im Urlaub, wie bei mir. Klar zockt da jeder die Nacht durch! Also schön den Kopf unten halten, sonst ist er gleich ab«, witzelt sie.

Julian findet das gar nicht lustig, nimmt noch mal einen tiefen Zug aus seinem Inhalator und schleicht seinen Freunden geduckt hinterher.

# Kapitel 17

Die Wohnsiedlung besteht aus fast lückenlos aneinandergereihten Holzhütten. Einige haben ihre besten Zeiten schon hinter sich und sehen so marode aus, als würden sie jeden Moment zusammenfallen.

»Können wir uns nicht einfach hier vorbeischleichen?« Julian fährt mit seinem Finger auf der Karte nördlich der Gebäude entlang. »Wir müssen doch gar nicht durch die Siedlung, oder? Immerhin suchen wir nichts. Die liegt einfach nur auf unserem Weg zum Schatz.«

»Wo bleibt denn da der Spaß? Natürlich gehen wir hier durch! Vielleicht finden wir ja was Cooles!«, entgegnet Jana.

»Komm, Julian. Wir haben keine Schüsse mehr gehört. Rein jetzt ins Getümmel!«, ruft Olli und marschiert voran.

Ein Blick aufs Handy verrät WannaBe, dass in der realen Welt langsam der Morgen anbricht.

»Was macht die Müdigkeit, Jana?«

»Bin noch voll dabei, keine Sorge! Und ihr?«

»Wir werden hier zum Glück nicht müde.«

»Was, echt? Ist ja cool!«

»Kann ich rumschnüffeln gehen?«, unterbricht Bobby die

beiden mit großen Augen und wedelt aufgeregt mit dem Schwanz. »Vielleicht finde ich ja noch mal was Glitzerndes!«

»Ja, aber bleib in meinem Blickfeld, okay? Und komm bitte wirklich wieder, wenn ich dich rufe.«

»Mach ich!« Und schon ist der Dackel verschwunden.

»Also kämpfen wir uns jetzt echt sinnlos hier durch?«, fragt Julian, der immer noch nicht versteht, warum sie nicht einfach außenrum gehen.

»Das ist überhaupt nicht sinnlos. Vielleicht sehen wir hier was Auffälliges oder treffen jemanden, der uns helfen kann. Oder wir finden irgendwelche Gerätschaften, die wir brauchen, um den Schatz in die Hände zu kriegen«, erklärt WannaBe.

»Geht ihr mal lieber vor, ich bleib hinter euch.« WannaBe, Olli und Jana laufen los, während der Nerd unsicher hinter ihnen herschleicht. Bei jedem noch so kleinen Geräusch dreht er sich nervös um.

Wieder ertönt ein altbekanntes Klingeln. Es ist Maren.

»Du bist schon auf? Für dich ist es doch noch mitten in der Nacht«, witzelt WannaBe, der immer wieder hinter sich schaut, um sicherzustellen, dass Julian noch da ist.

***»Werd mal nicht frech! Also, ich hab mir, als ich zu Hause war, direkt Instagram runtergeladen. Du hast übrigens vergessen, mir Screenshots zu schicken.«***

»Oh, stimmt … Tut mir leid …«

***»Ist auch egal, ich habs hingekriegt. Gibt ja mittlerweile für alles Anleitungen auf YouTube. Zum Glück hast du mir das mal gezeigt. Ich heiße da jetzt ›Maren WannaBe‹.«***

Der YouTuber muss über den Namen schmunzeln und

auch seine Freunde, die das Telefonat wieder mithören, grinsen ihn an.

»Cool! Dann teile ich deinen Account gleich!«, verkündet er freudig und legt zeitgleich an Tempo zu, als würde die Unterstützung seiner Tante ihm im wahrsten Sinne des Wortes Rückenwind verleihen. Olli und Jana halten problemlos mit. Auch Julian geht nun deutlich schnelleren Schrittes und verringert seinen Beobachtungsabstand zur Gruppe immer mehr.

***»Ich werde mich als Nächstes umhören, was die Söhne der ganzen Tratschtanten machen. Oder was sie so gehört haben. Über andere reden können die ja am besten. Also sucht ihr mal weiter und ich kümmere mich um alles hier draußen. Bis später!«***

WannaBe legt auf und die Freunde schauen sich weiter aufmerksam zwischen den morschen Holzhütten um. Inzwischen sind sie auf einem Platz in der Mitte der Siedlung angekommen. Gerade möchte er sein Handy aus der Hosentasche holen, um nebenbei eine neue Instagram-Story aufzunehmen, als er von einem Rufen unterbrochen wird.

»Hier! Schießt!«

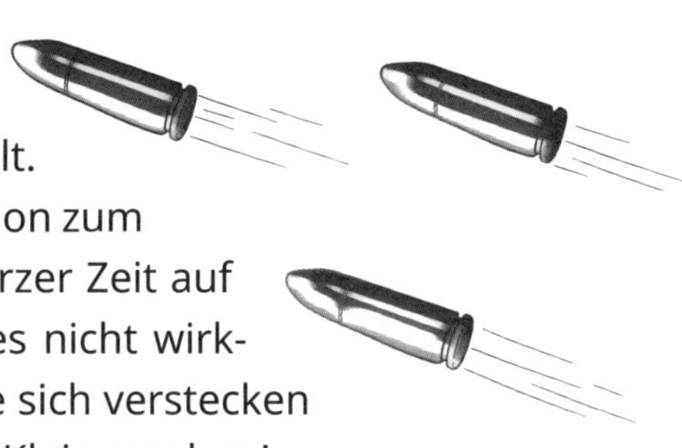

Und schon knallt es aus allen Richtungen, sie sind umzingelt. Die vier werfen sich schon zum zweiten Mal binnen kurzer Zeit auf den Boden. Hier gibt es nicht wirklich etwas, wohinter sie sich verstecken könnten, also heißt es: Klein machen!

Bobby kommt zurückgesprintet, so schnell er kann, legt sich dazu und stellt sich tot.

»Ernsthaft, schon wieder?«, ruft Julian verzweifelt.

Jana zieht geistesgegenwärtig ihre Waffe und schießt, flach in den Staub gedrückt, zurück. WannaBe schließt sich an und zielt in die andere Richtung.

»Ist der Sinn von Fortnite echt, einfach wild um sich zu ballern?«, fragt der Nerd völlig verängstigt, während die Kugeln an seinem Kopf vorbeizischen.

»Nein, ist es nicht. Man muss nur als Letzter von Hundert überleben«, erklärt Olli.

»Und wo ist da jetzt der Unterschied? Und noch viel wichtiger ... Heißt das, auch von uns überlebt nur einer?« Julian kreischt jetzt fast.

»Schwachsinn. Ehe das Game an diesem Punkt ist, sind wir schon längst wieder weg.«

»WannaBe würde nie zulassen, dass uns was passiert!«, schaltet sich jetzt auch Bobby ein und versteckt sich schnell wieder hinter seinem Herrchen.

»Leute, es ist wirklich der dämliche YouTuber!«, ruft einer der Angreifer. »Feuert weiter!«

Locker zehn Gamer zielen auf die Freunde. Sie alle haben sich in oder zwischen den Holzhütten rund um die Gruppe versteckt. Egal, von welcher Seite aus die Freunde gekommen wären, die Angreifer hätten sie immer entdeckt.

»Was ist denn euer Problem?«, ruft WannaBe zurück.

»*Du* bist unser Problem!«, antwortet ein anderer Gegenspieler. »So viele haben nur darauf gewartet, dass dich jemand mal schwächt. Jetzt ist es endlich so weit und wir machen dich platt! Da kann deine kleine Freundin auch nichts machen!«

»Wen nennst du hier ›kleine Freundin‹?«, ruft Jana wütend und schießt ununterbrochen in die Richtung des Fremden. Prompt ist er verschwunden. Niemand zielt besser als sie, selbst WannaBe nicht.

»Das gibt Rache!«, schreit einer der anderen und die übrig gebliebenen feuern wieder los.

Olli springt auf und zieht seine Pumpgun.

»Jetzt ist der Spaß vorbei«, droht er und beginnt ebenfalls, zu schießen.

Nur Julian bleibt am Boden. Er beugt sich über Bobby, um ihn zu schützen.

»Au!«, ruft der Sportler, der gerade einen leichten Streifschuss am Arm kassiert hat.

»Was ist passiert?«, will Jana zwischen zwei Schüssen wissen.

»Nichts, mach weiter!«

»Aber dein Arm!«, ruft WannaBe, der Ollis Aufschrei auch gehört hat.

»Das ist bloß zerrissener Stoff. Hier blutet man doch nicht, schau. Schießt weiter!«

Dass der YouTuber auch ohne seinen Original-Account so gut ist und Jana ihn im Schießen sogar noch toppt, haben die Angreifer nicht kommen sehen. Mit dem mutigen Olli haben sie genauso wenig gerechnet.

Jetzt sind es noch drei gegen drei.

»Ihr könnt mir jetzt sagen, was ihr von uns wollt, oder ihr könnt euch verabschieden«, droht WannaBe.

»An eurer Stelle würde ich reden«, sagt eine ganz neue fremde Stimme.

Die drei Angreifer lassen ihre Waffen fallen. Erst jetzt sehen WannaBe und die anderen, dass noch jemand dazugekommen ist. Ein Viererteam hat sich von einem Hüttenanbau, der wie ein Carport aussieht, angeschlichen.

Jedem der Fremden wird der Lauf eines Gewehrs in den Rücken gedrückt. Der Anführer des Teams tritt vor.

»Alles okay bei euch?«, fragt er die Freunde.

»Geht so. Mein Freund hier hat einen Streifschuss am Arm abbekommen«, antwortet WannaBe und deutet auf Olli.

»Ach, ist doch gar nichts passiert.« Der Sportler winkt ab. Jana wirft trotzdem einen prüfenden Blick auf ihn, um sicherzustellen, dass er nicht doch verletzt ist.

»Wer seid ihr denn überhaupt?«, möchte sie wissen.

»Oh, sorry. Ich bin Tim. Meine Jungs und ich haben euch gerade gerettet, oder?«

»Das habt ihr!« Jana steht auf und klopft ihre Hose ab.

»Und gehts ihm auch gut?« Tim zeigt auf den zusammengerollten Julian.

»Ja, der kriegt sich wieder ein«, bestätigt Olli.

»Brauchst du noch Hilfe, WannaBe?«, bietet Tim an.

»Du weißt, wer ich bin?«, wundert sich der YouTuber.

»Klar, deshalb sind wir hier. Das halbe Internet redet über dich. Der Hashtag #savewannabe geht gerade richtig ab!«

»Ernsthaft? Wow. Irgendwie staune ich immer noch jeden Tag über meine Community.«

»Die entwickelt sich gerade zu einer Truppe aus richtigen Meisterdetektiven«, erzählt Tim lachend.

»Was hab ich gesagt? Die sind krass!«, meint Olli.

»Und was wird so vermutet?«, möchte WannaBe wissen.

»Die stellen gerade deine ganze Stadt auf den Kopf. Also online. Du hast ja gesagt, es kann jemand von da sein. Kann ich was tun, um zu helfen, oder kommt ihr klar?«

»Na ja, je mehr, desto besser, oder?« Julian steht zum Glück auch wieder.

WannaBe überlegt. »Wir können jede Hilfe gebrauchen. Aber wenn unsere Gruppe zu groß wird, fallen wir wahrscheinlich zu sehr auf …«

»Verstehe … Wartet kurz.« Tim geht rüber zu seinen Mitspielern, die in der Zwischenzeit wie bestellt und nicht abgeholt um den Hüttenanbau, von dem sie kamen, geschlendert sind. Nach wenigen Sekunden kommt er zurück. »Also meine Jungs haben nichts dagegen, wenn ich jetzt erst mal mit euch weiterziehe. Dann habt ihr noch ein bisschen mehr Unterstützung, ohne zu viel Aufmerksamkeit zu erregen.«

»Mega!«

»Okay, wie lautet der Plan?«, will er wissen.

»Wir suchen hier gerade nach irgendwas Auffälligem. Oder nach Gegenständen, die wir später noch gebrauchen könnten«, erklärt Julian.

»Und was sollen das für Gegenstände sein?«

»Wissen wir nicht genau. Auf jeden Fall müssen wir uns unbeschadet weiter durch die Siedlung hier kämpfen.«

Das Fünfergespann und Bobby, der Tim schon zur Begrüßung über die Wange geschleckt hat, nachdem sich dieser zum Streicheln nach unten gebeugt hatte, setzen ihren Weg fort. Währenddessen checkt WannaBe noch mal sein Handy. Seine DMs platzen aus allen Nähten. Er bekommt Unmengen an Screenshots von YouTube-Kanälen, die noch relativ neu sind und sich auch um Fortnite drehen. Dazu kommen massig Hinweise auf Hate-Kommentare, die sich jetzt unter seinen Videos ansammeln. Aber das alles sind noch keine konkreten Fährten, mit denen die Freunde oder Maren etwas anfangen können.

»Ich muss noch Marens Account in meiner Story teilen!«, fällt WannaBe wieder ein. Er kramt sein Handy raus und los gehts. Er erklärt seiner Community, dass er nun Unterstützung von seiner Tante hat und sie sich aufteilen: Maren sucht offline, während WannaBe sich auf die Online-Welt konzentriert.

»Wieso macht er denn im Game eine Story? Seit wann geht so was?«, wendet sich Tim verwirrt an Jana.

»Ach ja, du weißt ja gar nicht, was hier los ist ...«, murmelt sie, lehnt sich leicht zu WannaBe herüber, der mit Bobby neben ihr läuft, und flüstert ihm hinter vorgehaltener Hand zu: »Können wir es ihm erzählen?«

Er überlegt kurz. »Na ja, wir haben keine Wahl, oder? Er kriegt das eh mit.«

Der YouTuber berichtet Tim im Groben, was passiert ist. Jedes Detail muss er ja nicht wissen. Und tatsächlich ist Tim der Einzige, der ihm sofort glaubt.

»Echt jetzt, du hältst mich nicht für bescheuert?«, fragt der YouTuber entgeistert.

»Nein, wieso? Die Zeiten sind so verrückt, da ist doch fast alles möglich. Also wieso nicht auch das? Kann doch sein, dass es echt mehrere Universen gibt. Man weiß doch auch gar nicht sicher, ob nur unseres existiert.«

»Haben wir jetzt noch einen Nerd aufgegabelt?«, fragt Olli lachend. »Ich glaube, du und Julian, ihr werdet euch gut verstehen!«

»Guck mal, das hat Bobby im Trailerpark gefunden. Da ging eine Granate nach der anderen hoch. Ich denke mal, das war im Boden verscharrt und die Explosionen haben es quasi ausgegraben.« Julian holt das mysteriöse Glasgebilde aus dem Rucksack und präsentiert es Tim.

»Ja, das lag da einfach zwischen Millionen anderen spannenden Sachen. Aber kein anderes Ding hat so schön geglänzt«, erklärt der Dackel stolz.

»Hä, Bobby redet? Ach, was frag ich überhaupt ...«

»Siehst du die ganzen Bruchstellen? Ich vermute, es gibt noch weitere Teile, die sich zu etwas zusammensetzen lassen. Hast du so was schon mal gesehen? Ich kenne kein Material in der realen Welt, das dem hier nahekommt.«

»Also das ist auf jeden Fall nichts, was man hier normalerweise findet«, antwortet Tim und bestaunt den Fund. »Dieses Glänzen … und gleichzeitig ist es durchsichtig … Das schimmert ja je nach Lichteinfall in allen möglichen Farben! So eine Maserung hab ich auch noch nie gesehen. Aber was das sein könnte? Keine Ahnung …«

Die Gruppe läuft weiter durch die Wohnsiedlung und hält die Augen offen. Hier und da entdecken sie richtige Holzhäuser, die überraschenderweise noch ganz schön was hermachen. Einige von ihnen sind sogar wie echte Einfamilienhäuser von Hecken umringt.

»Also ich glaube, wir finden hier nichts Sinnvolles mehr«, sagt WannaBe und seufzt.

Bobby, der die Fährte des glänzenden Etwas aufgenommen und nach einem weiteren Teil gesucht hat, kommt ebenfalls mit leerem Maul zurück.

»Nichts gefunden …«, berichtet der Hund traurig.

»Ich schon!«, ruft Olli, der hinter einer Hütte verschwunden war. Die anderen kommen auf ihn zugerannt und staunen nicht schlecht, als sie plötzlich auf einem Parkplatz mit verschiedenen Fahrzeugen stehen. »Ich steige jetzt so was von in ein Auto und geh keinen Meter mehr zu Fuß!«, kündigt der Sportler erleichtert an.

# Kapitel 18

»Okay, wer fährt mit wem?«, fragt Olli.

»Ich fahr mit Bobby und Tim und du mit Jana und Julian?«, schlägt WannaBe vor.

»Wieso fährt er denn?«, protestiert Jana.

»Weil ich der Stärkste bin.« Olli zuckt provokativ mit den Schultern.

Die Gamerin rollt mit den Augen. »Dein Ernst?«

»Wenn du fahren willst, bitte. Aber schrotte die Karre bloß nicht.«

WannaBe geht nun doch dazwischen. »Könnt ihr mal aufhören, euch anzumotzen? Es wäre echt mega, wenn wir heute diesen bescheuerten Schatz finden. Dann haben wir noch einen Tag Zeit, um wieder nach Hause zu kommen und ihn abzuliefern. Der Countdown läuft, also reißt euch bitte gefälligst zusammen!«

Die zwei Streithähne geben klein bei und die Gruppe verteilt sich, wie von WannaBe angeordnet, auf zwei Autos. Der YouTuber, Bobby und Tim steigen in einen schnittigen dunkelblauen Sportwagen, dessen Innenraum so tief und flach ist, dass man darin fast schon liegt. Obwohl das Fahrzeug

auch hinten Türen hat, ist das Dach aufgrund der Coupéform so niedrig, dass dort kaum jemand aufrecht sitzen könnte. Außer Bobby natürlich. Jana läuft schnurstracks auf einen schwarzen Geländewagen zu. Sie winkt Julian und Olli an das Gefährt heran, das Batman höchstpersönlich gehören könnte. Die Freunde verlassen die heruntergekommene Stadt, von den Autos einmal abgesehen, mit leeren Händen. Jana fährt zuerst los.

»Wieso sitzt Julian eigentlich vorne? Ich hab hier kaum Platz!«, protestiert Olli.

»Weil er die Karte hat und mich lotsen muss«, antwortet die Gamerin mit angespannter Stimme.

Im anderen Auto klingelt währenddessen wieder WannaBes Handy. Die teilweise wenigstens geschotterte Strecke ist unglaublich holprig und der YouTuber muss das Lenkrad mit aller Kraft gerade halten. Die Strecke ist von Schlaglöchern durchzogen und WannaBe muss im Slalom um sie und die herumliegenden Steinbröckchen fahren. Also nimmt Tim für ihn ab und schaltet den Lautsprecher ein, damit sich der Fahrer besser auf die eher schlecht als recht sichtbare Straße konzentrieren kann.

»Hi, Tante Maren!«, ruft der YouTuber und bemüht sich, möglichst entspannt zu klingen.

***»Ich hab gerade in der Bäckerei die Tratschtanten aus der Nachbarschaft getroffen«***, startet sie den Bericht.

»Und?«

***»Also die eine, Frau Rießmann, hat ja eine Tochter. Und ihr Freund hat wohl erzählt, dass sich sein Kumpel total verändert hat und dauernd schlecht drauf ist. Er verkriecht sich nur noch in der Garage eines Klassenkameraden, der dort sein ganzes Gaming-Zeug untergebracht hat.«***

»Was, echt jetzt? Denkst du, die könnten zu den Hackern gehören?« WannaBe ist kurz abgelenkt von dieser Neuigkeit und kann dank eines Hinweises von Tim gerade noch einem tiefen Krater in der Straße ausweichen.

***»Ich hab nicht genauer nachgefragt, sonst wär das noch aufgefallen. Aber könnte durchaus sein.«***

»Maren, du bist echt die Coolste von allen! Danke!«

***»Seht mal lieber zu, dass ihr schnell wieder zurückkommt, bevor ich wirklich noch Hilfe hole!«***

»Ja, wir tun, was wir können«, gibt ihr WannaBe recht , der das Lenkrad aufgrund der stärker werdenden Bodenwellen immer fester umklammert.

***»Ich mach jetzt mal eine Story für deine Follower, okay?«***

»Perfekt! Und ich guck mal, ob vielleicht jemand aufdecken kann, wie die Tochter von Frau Rießmann auf Instagram heißt. Dann finden wir da bestimmt auch ihren Freund und über ihn dann hoffentlich die Jungs, die infrage kommen würden.«

***»Abgemacht!«***, ruft Maren und verabschiedet sich.

»Kannst du mich kurz für eine Story filmen, Tim? Und mach bitte die Hintergrund-Unschärfe an.«

»Klaro.« Tim öffnet Instagram, hält die Kamera auf den YouTuber und sagt: »Los gehts.«

*»Hi, Freunde! Ich hab einen richtig guten neuen Hinweis! Ich brauch jetzt jemanden, der ganz schnell Accounts finden kann und am besten auch bei mir in der Umgebung wohnt. Denn dann kennt ihr die Person, die ich meine, vielleicht sogar.«*

»Pass auf, hier kommt gleich ein besonders großes Schlagloch!«, unterbricht ihn Tim.

»Oh, danke!« Dann spricht WannaBe wieder an seine Follower gerichtet:

*»Also es ist ein Mädchen in meinem Alter. Und sie ist immer nur in den Ferien bei mir in der Stadt, weil ihr Papa da wohnt. Ich will jetzt keine Namen öffentlich machen, aber ihr Nachnahme startet mit ›R‹. Also wer eine Idee hat, wen ich meinen könnte und wie sie auf Instagram heißt, schickt mir bitte unbedingt ihren Account-Namen! Danke!«*

»Solltest du nicht vielleicht noch erwähnen, dass das nicht die Hackerin ist? Sonst steht am Ende noch ein Haufen wütender Follower bei ihr vor der Tür«, merkt Tim an.

»Oh, ja, wäre nicht gut. Kannst du noch mal aufnehmen bitte? Das muss ich unbedingt klarstellen.«

»Und los!«

Im vorderen Auto ist die Stimmung nicht so entspannt.

»Jetzt fahr doch mal ein bisschen schneller!«, meckert Olli.

»Willst du aussteigen?«, keift Jana zurück.

»Würde ich laufen, wär ich wahrscheinlich schneller!«

»Gut, dann los!«

Jana macht eine Vollbremsung und Julian krallt sich am Gurt fest. »Ich hab jetzt hier schon so viel überlebt, da wollte ich nicht unbedingt im Auto sterben!«, ruft er genervt.

WannaBe hat keine Ahnung, was vor ihm los ist, und kann sein Auto gerade noch rechtzeitig zum Stehen bringen.

»Alles okay?«, fragt er Bobby, der vorher gemütlich auf der Rückbank lag und sich jetzt im Fußraum empört schüttelt.

Der goldene Hund klettert wieder hoch und antwortet tapfer: »Alles gut!«

Plötzlich steigt Olli wutentbrannt aus dem ersten Fahrzeug aus, knallt die Tür zu und stapft weiter. Jana rast mit einem verstörten Julian neben sich los und auch WannaBe gibt vorsichtig wieder Gas. Als er die wenigen Meter zu Olli aufgeholt hat, bleibt er links neben ihm stehen und Tim lässt das Fenster runter.

»Was ist denn los?«, fragt der YouTuber seinen besten Freund über den Innenraum hinweg.

»Die spinnt!«

»Du hast sie wieder mit irgendwas provoziert, oder?«

»Provoziert, als ob. Ich hab ihr nur gesagt, sie soll mal aufs Gas gehen.«

»Und was noch?«

»Dass ich schneller laufe, als sie fährt …«

»Schlau, echt … Rein jetzt hier, los«, fordert WannaBe den

Sportler auf. Olli faltet sich auf dem Rücksitz neben Bobby zusammen. Er muss nicht nur den Kopf einziehen, um in dem flachen Auto nicht an die Decke zu stoßen, sondern hat jetzt auch seine Knie beinahe an den Ohren.

»Wenigstens du magst mich«, murmelt er und krault den Hund, der bereits näher an ihn rangerutscht ist.

»Klar, immer!«, stimmt Bobby zu.

Im ersten Auto hat sich Janas Laune schlagartig gebessert, seit der Rücksitz leer ist.

»Wieso bist du eigentlich hier?«, fragt sie Julian. »Du zockst nicht, hast eigentlich die ganze Zeit Angst und richtig lange befreundet scheint ihr auch nicht zu sein.«

»Stimmt auch. Wir kennen uns noch gar nicht so gut. WannaBe und ich sind zwar Nachbarn, aber so richtig Zeit miteinander verbracht haben wir vorher nie. Wir haben uns quasi gerade erst angefreundet«, erklärt Julian. »Unsere Mütter haben das eingefädelt. Wir waren zufällig an dem Tag zum Grillen eingeladen, an dem Bobby die Karte gefunden hat. Also bin ich da ganz unverhofft mit reingerutscht. Die Jungs haben meine Hilfe gebraucht und das war meine Chance, mal zu beweisen, dass ich nicht nur der langweilige Streber bin …«

»Und da setzt du dich freiwillig solchen Gefahren aus?«

»Na ja, ›freiwillig‹ würde ich das vielleicht nicht nennen. Ich wusste nicht, dass ich plötzlich durch ein Portal falle. Ich dachte, wir graben irgendwo was aus und fertig.«

»Ich finde dich jedenfalls cool. Und die anderen tun das auch, das merkt man. Du hast zwar echt viel Angst, aber ziehst das hier trotzdem durch. Du hast sogar eine Waffe eingesteckt, hallo? Und du weißt so viel, das ist echt krass.«

»Danke«, murmelt Julian schüchtern.

»Wie weit sind wir eigentlich?«, fragt Jana.

»Ist schon noch ein Stückchen. Ich überlege gerade eher, ob wir noch auf der richtigen Strecke sind. Es gibt hier einfach null Anhaltspunkte mehr auf der Karte.«

Die Freunde fahren gerade durch Niemandsland. Es sind keine Bauten zu sehen, keine Wälder und auch keine anderen Gamer. Die ganze Umgebung scheint völlig verlassen zu sein. Alles, was es hier gibt, ist staubtrockener Boden. Ein paar kleine Grashalme versuchen tapfer, sich einen Weg durch den Untergrund aus Steinen und Sand zu bahnen. Größere Pflanzen sind hier nur noch in völlig verdorrter Form anzutreffen.

»Woher weißt du denn dann, wie weit es noch ist?«, möchte Jana wissen.

»Ich hab ausgerechnet, wie lange die Fahrt ungefähr dauern müsste, wenn wir unsere Geschwindigkeit halten«, erklärt Julian.

»Wie hast du das denn gemacht?«

»Beim Weg zum Wasserfall hab ich auf die Uhr geschaut, wie lange wir gelaufen sind. Und damit konnte ich dann ausrechnen, wie weit das ungefähr war.«

»Wie geht das denn?«

»Wenn man zügig läuft, braucht man etwa eine Stunde für fünf bis sechs Kilometer. Und wenn man eine Geschwindigkeit und eine Zeitangabe hat, kann man Strecken berechnen. Ist zwar nur ein Schätzwert, aber besser als nichts.«

»Das ist so cool! Ich kenne niemanden, der das einfach so aus dem Ärmel geschüttelt hätte!«

Statt darauf einzugehen, deutet Julian auf das zweite Auto, das ein paar Meter hinter ihnen fährt. »Guck mal in den Rückspiegel. WannaBe ist glaube ich wieder am Telefon.«

»Wie kannst du das denn erkennen, so weit weg, wie die sind? So viel zum Thema *ich* würde langsam fahren ...«

»Meine Brille ist ganz neu, damit seh ich wie ein Adler«, versucht Julian, die Stimmung aufzulockern.

»Vielleicht sind das wieder die Hacker«, vermutet Jana und hat recht.

Tim nimmt für WannaBe ab und die Stimme des Maskierten ertönt. Seine Freunde beugen sich sofort zum Handy und hören gespannt zu.

**»Autos habt ihr jetzt also auch gefunden, Glückwunsch! Denkt dran, morgen wollen wir den Schatz sehen oder wir machen Bares aus deinem Account. Aber sieht wohl schlecht aus für dich, so wie ihr gerade herumirrt.«** Plötzlich muss der Hacker niesen. **»Geht mal lieber ein bisschen aufs Gas«**, redet er weiter und niest wieder. **»Nicht dass der kleine WannaBe sich dann monatelang in seinem Zimmer einsperren und von Mami trösten lassen muss ...«** Der Anführer will weitersticheln, muss aber ein drittes Mal niesen und legt auf.

»Was hat der denn die ganze Zeit so rumgeniest? Ist das immer so?«, fragt Tim.

»Nein, keine Ahnung, was da los war. Oh, guck mal, die werden langsamer«, deutet WannaBe nach vorn zu Jana und Julian.

»Ich glaube, wir sollten hier irgendwo mal anhalten«, sagt sein Freund im anderen Auto gerade. »Rein rechnerisch müssten wir da sein, aber das sind ja nur Richtwerte. Irgendwo in der Nähe sollte der Schatz laut Karte aber sein.«

WannaBe kommt ebenfalls zum Stehen und er, die Jungs und Bobby steigen aus. Die Freunde befinden sich immer noch inmitten der Einöde. Der Boden ist so trocken, dass bei jedem Schritt Staub aufsteigt. Er scheint vollkommen aus Sand zu bestehen, der sich mit der Zeit immer mehr zusammengepresst hat. Wenn hier wirklich etwas vergraben wurde, dann schon vor einer halben Ewigkeit, so hart, wie der Untergrund ist.

»Sind wir da?«, fragt Olli.

»Ungefähr, ja«, antwortet Julian.

»Wie, *ungefähr*?«

»Na ja, es gab überhaupt keine Anhaltspunkte mehr auf der Karte. Deshalb konnte ich bloß grob ausrechnen, wo das Ziel ungefähr sein müsste.«

»Aber hier ist doch weit und breit nichts«, bemerkt Tim.

»Ja, das ist wahrscheinlich die Herausforderung«, vermutet Jana. »Waren das vorhin die Hacker am Handy?«

»Jep. Aber gibt nichts Neues. Die wollten mir bloß noch mal reindrücken, dass sie bis morgen den Schatz wollen, sonst verkaufen sie meinen Account. Aber der Anführer hat ständig geniest. Das hat er bei den anderen Anrufen nicht gemacht. Also entweder, er hat Grippe …«, sagt der YouTuber.

»Oder eine Allergie«, beendet Jana den Satz. »Los, mach gleich eine Story!«, fordert sie WannaBe auf.

»Aber das ist doch völlig unwichtig.«

»Nein, ist es überhaupt nicht! Das fällt doch auf, wenn jemand ständig niest!«

»Okay, von mir aus«, gibt WannaBe nach und beginnt, in die Kamera zu sprechen.

»So und jetzt?«, fragt Olli, nachdem WannaBe seine Story fertig aufgenommen hat. »Wo suchen wir, wie suchen wir, was suchen wir? Hier wachsen drei Grashalme und das wars. Das sieht alles aus wie platt gewalzt.«

»Leute, ich hab echt keinen Plan. Wirklich, absolut keinen Plan«, antwortet WannaBe bedrückt.

»Also laufen wir jetzt hier einfach irgendwie durch die Gegend und sehen was oder eben nicht?«, will Tim wissen.

»Ja, keine Ahnung. Hat jemand eine bessere Idee?«, fragt der YouTuber.

»Was ist mit der Spürnase hier?« Jana deutet auf Bobby.

»Ja, was ist mit mir?«, will der Hund neugierig wissen.

»Findest du vielleicht was? Kannst du irgendeinen Geruch aufnehmen oder so?«

»Bestimmt!«, antwortet Bobby motiviert und schiebt seine Nase über den Boden.

Auch die Freunde setzen sich in Bewegung und laufen in unterschiedliche Richtungen. Der YouTuber zieht währenddessen noch einmal sein Handy aus der Hosentasche und schaut in seine DMs. Seit seiner letzten Story kamen wieder massenweise Nachrichten an. Er klickt sich durch die ersten Meldungen und hält plötzlich die Luft an.

»Leute? Ich hab den Account von dem Mädel!« Vor Freude reißt er die Arme in die Luft.

»Mega!«, jubelt Olli und läuft auf seinen Freund zu. »Los, zeig her!«

Die Gruppe sammelt sich um WannaBe, der das Profil anklickt und durch die Posts scrollt.

»Hübsch ist sie«, kommentiert Olli.

»Sei still, das ist irrelevant!«, schimpft Jana.

»Du bist doch bloß neidisch, weil ich sie ›hübsch‹ genannt hab.«

Jana rollt zur Antwort nur mit den Augen.

»Guck mal, da ist sie mit einem Typen. Ist er das?«, fragt sie und zeigt auf einen Beitrag.

WannaBe klickt ihn an. In der Caption steht: »Forever you«.

»Ja, das scheint er zu sein«, bestätigt der YouTuber.

# Kapitel 19

»Jetzt geh schon auf seinen Account!«, fordert Jana WannaBe ungeduldig auf.

»Ist ja gut! Sein Profil ist privat ...«

»Das kann doch jetzt nicht wahr sein!«, flucht Olli. »Gibts da nicht irgendeinen Trick? Du kennst dich doch mit so was aus, Julian!«

»Wir müssen jemanden finden, der ihm folgt, damit er oder sie uns seine Followerliste zeigen kann. Und darin finden wir dann vielleicht den Hacker oder einen seiner Helfer.«

»Oder wir fragen einfach seine Freundin«, meint Jana.

»Kommt ja auch gar nicht komisch, wenn ich ihr plötzlich schreibe, ob sie mal Screenshots von seinen Followern machen kann«, antwortet der YouTuber.

»Ja, stimmt auch wieder ...«, gibt sie ihm recht und überlegt kurz. »Guck doch mal in ihre Liste! Vielleicht folgt sie seinen Kumpels ja auch!«

WannaBe scrollt sofort durch die Abonnenten des Mädchens.

»Das sind echt viele«, beschwert er sich.

»Gib mal her!« Tim schnappt sich das Handy. »Ich bin

schnell in so was. Ich häng den halben Tag vor Instagram.«

»Und den anderen halben Tag zockst du?« WannaBe lacht.

»So ungefähr, ja. Ich kopier jetzt mal alle Accounts, die vom Profilbild oder Namen her interessant sein könnten, in eine Nachricht an meinen Account. So können wir alle hintereinander durchgehen, sobald ich fertig bin.«

»Dauert das nicht ewig?«

»Quatsch, ich bin geübt in so was.« Der neue Weggefährte grinst zuversichtlich und macht sich ans Werk. Währenddessen schauen sich die anderen weiter um.

»Irgendwas muss es hier doch geben, das auffällt«, überlegt WannaBe laut. Dann hat er plötzlich eine Idee. »Julian? Du hast doch gesagt, dass der Schatz vielleicht ein Portschlüssel ist, der uns wieder zurückbringt, stimmts?«

Der Nerd nickt.

»Was ist denn, wenn er aber gar kein Schlüssel ist, sondern wirklich einfach nur ein Gegenstand, der aber neben einem Portal versteckt ist, damit der Finder direkt wieder in die normale Welt zurückkann?«

»Das wäre auch möglich«, antwortet Julian.

»Und dann müssten wir das Portal doch spüren können. Oder hören. So, wie es bei uns auch war!«

»Das ist eine geniale Idee! Also suchen wir nicht mit den Augen, sondern mit anderen Sinnen!«

»Ja, du drückst es wieder schlauer aus als ich«, witzelt WannaBe. »Leute, kommt mal her! Wir suchen jetzt nach einem Portal. Das kann man nicht sehen, aber spüren und hören. Jana und Tim, ich weiß nicht, ob ihr das auch fühlen könnt, weil ihr ja nicht wirklich hier seid. Aber vielleicht könnt ihr es über eure Headsets hören. Das klingt erst wie ein knisterndes Feuer und je näher man kommt, desto mehr hört es sich wie ein Staubsauger an. Tante Maren meinte, es klingt wie ein Föhn. Und ganz wichtig ist, wenn ihr denkt, da ist eins, geht nicht näher ran!«

»Okay, los gehts!« Jana direkt loslegen, doch Julian hält sie zurück.

»Lassen wir die Autos jetzt einfach so hier stehen oder wie funktioniert das?«, möchte er wissen.

»Ja, klar. Hier gibt es keine Straßenverkehrsordnung, also schreibt dir auch keiner einen Strafzettel«, antwortet die Gamerin amüsiert und wird schon wieder aufgehalten, als sie sich erneut in Bewegung setzen will. Diesmal ist es Tim.

»Wartet mal kurz! Ich hab alle Accounts, die vielleicht interessant sein könnten, kopiert und an mich als Nachricht geschickt. Willst du die mal durchgehen, WannaBe?«

»Danke, mach ich! Sucht ihr schon mal los?«, bittet er die anderen, die sofort ausschwärmen.

WannaBe geht die Profile durch. *Der macht nur Fitness, der ist ständig auf Party, der wohnt ganz woanders ...* Am Ende bleiben noch fünf Accounts übrig, die man genauer unter die Lupe nehmen könnte. WannaBe schickt sie an seine Tante weiter. Und als hätte sie es gespürt, ruft sie genau in diesem Moment an.

***»Ich glaub, ich muss auswandern«***, fängt sie direkt an, noch bevor WannaBe sie begrüßen kann. ***»Diese Frau quasselt wie ein Wasserfall. Ich wäre fast wahnsinnig geworden. Aber es hat sich gelohnt!«***

»Was hast du rausgekriegt?«, will WannaBe wissen, der

nebenbei weiter mit seinen Freunden nach dem Portal sucht.

*»Ich weiß jetzt, wer der Freund von Frau Rießmanns Tochter ist – Jan, so ein blonder, langhaariger Junge – und wo er wohnt. Ich bin dann dorthin gefahren und hab einfach mal geklingelt und geguckt, ob einer aufmacht. Der Vater war da. Ich hab ihm gesagt, meine Oma hätte früher in seinem Haus gelebt und dass ich nur mal sehen wollte, wer jetzt da wohnt, wo ich als Kind so viel Zeit verbracht hab. Ich hab ein bisschen auf die Tränendrüse gedrückt. Hat wunderbar gezogen. Er hat mich auf einen Kaffee reingebeten. Ich habs also noch drauf.«* Maren lacht.

»Igitt!«

*»Ach, komm schon, das war nur ein Kaffee. Außerdem hab ich das für dich gemacht!«*

»Ja, ist ja gut. Und weiter?«

*»Da stand zum Glück ein Bild von ihm und seinem Sohn im Wohnzimmer. Da konnte ich ganz unauffällig nach ihm fragen. Ich hab ein paar beiläufige Fragen gestellt, was er eben gerne macht. Ob er Sport treibt oder zockt oder was auch immer. Sein Vater meinte, Zocken sei gar nicht sein Ding, aber all seine Freunde machen das. Hatte Frau Rießmann mir ja auch schon erzählt. Aber was genau sein Sohn eigentlich den ganzen Tag so treibt, weiß er nicht, weil er fast nie da ist. Der ist wohl ständig bei einem Kumpel. Seine Eltern haben eine Garage, die sich zum Treffpunkt für die Jungs etabliert hat.«*

»Also eigentlich würde ich ja jetzt sagen, dass das bestimmt das Versteck ist. Aber wenn der Typ absolut nichts mit Zocken am Hut hat, ergibt das keinen Sinn …«

***»Doch, schon. Seine Freunde zocken ja. Und der eine ist doch angeblich so frustriert, weil er so schlecht ist. Und wenn das kein Motiv ist, um jemanden zu hassen, der damit erfolgreich ist, was denn dann? Außerdem kam mir der Sohn entgegen, als ich wieder gegangen bin. Und er hatte einen schwarzen Hoodie an. Noch Fragen?«***

»Das ist jetzt nicht dein Ernst!«, ruft der YouTuber völlig entgeistert, sodass ihn all seine Freunde fragend ansehen. »Sag doch so was zuerst! Der gehört safe zu den Hackern! Den ganzen Tag nicht da, hockt mit den Jungs in einer Garage, einer von ihnen ist ein frustrierter Gamer *und* ein schwarzer Hoodie? So viele Zufälle kann es doch gar nicht geben!«

***»Ich sag doch, es hat sich gelohnt! Und was jetzt? Ruf ich die Polizei an?«***

»Nein, bloß nicht! Die glauben uns doch kein Wort! Die schicken mich zum Jugendpsychologen, wenn ich vom Portal und dem ganzen Zeug erzähle. Wir regeln das selber! Weißt du, wo die Garage ist?«

***»Das finde ich raus, ich bin noch nicht zurückgefahren. Der Vater meinte, sein Sohn kommt immer nur mal für ein Stündchen oder so nach Hause und ist dann wieder weg. Ich kann hier einfach im Auto warten und ihm dann unauffällig folgen.«***

»Ja, bitte! Danke!« WannaBe beendet das Gespräch und winkt seine Freunde, die sich für die Portalsuche in alle Himmelsrichtungen aufgeteilt haben, zu sich heran. Er kann es immer noch nicht fassen.

»Leute, Maren hat den Freund des Mädchens gefunden und der ist definitiv einer der Helfer. Sie steht gerade mit dem Auto vor seinem Haus und wartet, dass er wieder zum Treffpunkt fährt.«

»Deine Tante geht ja richtig auf in der Detektivrolle«, bemerkt Olli grinsend.

»Jetzt müssen wir nur noch irgendwie wieder zurück in die reale Welt kommen!«

»Du musst erst mal deinen Followern Bescheid geben!«, sagt Jana. »Sonst suchen die ja noch ewig weiter nach dem Account von diesem Mädchen und nach den Hackern.«

WannaBe nickt, hält sein Handy hoch und nimmt auf.

*»Freunde! Wir haben eine heiße Spur! Ich kann jetzt hier nichts darüber sagen, aber eins ist klar: Mein Account gehört bald wieder mir! Danke für all eure Hinweise, ihr könnt die Suche beenden!«*

»So und jetzt nichts wie nach Hause! Sucht alle weiter nach dem Portal oder dem Portschlüssel oder was auch immer uns hier wegbringt!«, fordert Olli die anderen auf.

Minuten um Minuten vergehen. Ein Weg nach Hause ist immer noch nicht in Sicht, die Suche bisher ohne Ergebnis.

»Hier muss doch irgendwo was sein!«, ruft Olli genervt. »Ich will wieder Pizza essen, mich auf die Couch legen und einfach mal durchatmen.«

WannaBe will auf die Uhr seines Handys schauen und entdeckt eine Nachricht seiner Tante.

»Leute? Tante Maren hat geschrieben. Sie hat den Treffpunkt gefunden!«, verkündet er so glücklich wie schon lange nicht mehr.

»Ist nicht wahr!«, ruft Julian fröhlich.

»Wie cool ist das denn?«, schreit Olli.

Die Gruppe sucht jetzt noch motivierter weiter. Doch wieder verstreichen die Minuten, ohne dass jemand etwas findet.

»Ich weiß nicht mal, wo ich schon geguckt hab, weil alles so gleich aussieht! Hören kann ich auch nichts«, beschwert sich Tim.

»Und es riecht auch alles gleich!«, berichtet Bobby, der trotz seiner feinen Nase ebenfalls keinen Erfolg hat.

Julian sitzt schon seit ein paar Minuten auf dem Boden und grübelt. Er holt das glänzende Teil, das Bobby im Trailerpark gefunden hat, aus seinem Rucksack und wendet es in seinen Händen. »Ich kann mir nicht vorstellen, dass dieses Ding hier keine Bedeutung hat.«

»Ich mir auch nicht«, stimmt Jana zu.

»Vielleicht kann das ja irgendwas«, sagt Olli.

Julian steht auf und geht ein paar Schritte damit. Er wirft es hoch und fängt es wieder auf, reibt daran, schaut, ob sich irgendwas Komisches darin spiegelt – alles erfolglos. Er läuft nachdenklich weiter, als er das seltsame Objekt plötzlich fast fallen lässt.

»Aua!«, ruft Julian. »Das Ding wurde gerade ganz kurz richtig heiß!«

»Was?«, fragt WannaBe.

»Na, das wurde plötzlich heiß, als wollte es mir irgendwas mitteilen!«, antwortet Julian.

WannaBe nimmt ihm den Gegenstand ab und geht zurück zur besagten Stelle.

»Du hast recht! Der wird hier echt ganz schön warm!«

Der YouTuber läuft weiter. Wenn das mysteriöse Ding kälter wird, ändert er die Richtung. Wenn dessen Temperatur steigt, geht er weiter. WannaBe wirft es immer wieder kurz hoch, so heiß ist es mittlerweile. Als es in jeder Richtung nur noch kälter wird, bleibt er stehen.

»Also wo auch immer uns das Teil hinführen will, hier ist es, glaub ich. Bobby, kannst du hier mal buddeln?«, ruft der YouTuber seinen Hund, während er das Glasgebilde wie eine heiße Kartoffel von der einen in die andere Hand jongliert.

»Klar, mach mal Platz!«, antwortet er fröhlich und legt los.

Der Dackel gräbt und gräbt und verschwindet fast komplett im Boden. Auf einmal springt er aus dem Loch heraus und das natürlich nicht mit leerem Maul. Er hat noch ein glänzendes Etwas gefunden.

»Hier!«, ruft er schwanzwedelnd und wirft es WannaBe vor die Füße.

»Das ist ja noch so ein Ding«, stellt Julian fest.

»Vielleicht passen die zusammen«, vermutet Olli.

WannaBe nimmt beide Gegenstände in die Hände, dreht sie hin und her. Sie passen wie Puzzleteile zusammen. Die beiden Stücke ergeben eine ovale Form, die unten wie eine Stellfläche gerade abgeschliffen ist. Oben und an den Seiten gibt es Bruchstellen, die auf weitere verschwundene Teile hindeuten.

In dem Moment, als der YouTuber die beiden gefundenen Puzzleteile ineinandersteckt, fühlt sich alles um ihn herum ganz warm an. Er hört ein ohrenbetäubendes Rauschen und dann herrscht Totenstille.

WannaBe öffnet seine Augen. Liegt er jetzt im Bett und hat das schon wieder alles nur geträumt? Nein, er liegt auf einer Wiese und neben ihm Olli, Julian und ein normal grau-brauner Bobby. Alle vier kommen langsam zu sich und schauen sich um.

»Wir sind wieder auf der Wiese! Da, wo das Portal war!«, stellt Olli fest.

»Wir sind wieder zurück, Jungs!«, Auch WannaBe freut sich und nimmt beide in den Arm. »Julian, du hattest recht mit dem Portschlüssel! Und wir mussten ihn nicht mal alle anfassen!«

Bobby springt auf und ab und bellt freudig. Er kann nicht mehr sprechen – oder die Jungs ihn nicht mehr verstehen – und die drei stecken auch nicht mehr in ihren Fortnite-Skins. Alles ist wieder beim Alten.

»Ich kanns nicht fassen!«, jubelt Julian. »Ich hab überlebt! Ich habs echt überlebt!«

»Aber das Portal scheint weg zu sein, oder? Nicht, dass wir gleich wieder eingesaugt werden ...« WannaBe schaut sich prüfend um.

»Das hat sich bestimmt geschlossen, als wir zurückgekommen sind. Vielleicht haben wir die Welten wieder ins Gleichgewicht gebracht, weil wir diese komischen, glänzenden Steine eingesammelt haben. Jetzt hat es keinen Grund mehr, noch weiter zu existieren«, vermutet Julian.

»Hast du die Dinger denn noch?«, fragt Olli.

»Ja, die liegen hier. Am Ende sind die sogar der Schatz«, meint der YouTuber nachdenklich.

»Apropos Schatz. Stellen wir jetzt die Hacker, oder was?«

»Ja, warte. Ich muss kurz Tante Maren anrufen.«

Der YouTuber wählt ihre Nummer. Es klingelt eine Weile.

***»Ist alles okay? Es ist mitten in der Nacht!«*** Maren ist ganz aufgeregt und noch im Halbschlaf.

»Wir sind wieder zurück!«, rufen die drei Jungs gleichzeitig und Bobby legt noch ein Bellen drauf.

***»Ihr seid wieder in der realen Welt? Bin ich erleichtert! Wo seid ihr denn?«***

»Wir sind dort, wo das Portal war«, erklärt WannaBe.

***»Rührt euch nicht vom Fleck. Ich komme zu euch!«*** Und schon tutet es nur noch.

»Das kann jetzt eine Weile dauern.« Julian seufzt und lässt sich zurück ins Gras plumpsen.

»Maren hat einen Bleifuß, wenn sie alleine fährt.« Olli lacht wissend. »Die ist schneller hier als du denkst.«

# Kapitel 20

»Jetzt sind wir einfach verschwunden, ohne uns von den anderen zu verabschieden. Wir haben uns nicht mal bedankt. Jana hat extra wegen uns die Nacht durchgemacht und ist heute noch mal ewig wachgeblieben …« WannaBe hat ein schlechtes Gewissen.

»Du kannst den beiden doch schreiben«, sagt Olli. »Tim hat doch diese Instagram-Accounts mit deinem Handy an sich selbst geschickt, also hast du doch seinen Namen! Und so schnell, wie er vorhin die ganzen anderen durchforstet hat, kann er Jana sicher auch im Rekordtempo für dich ausfindig machen.«

»Stimmt! Ich schicke ihm direkt eine Sprachnachricht, sobald wir die Hacker gestellt haben.«

Gerade als die Jungs überlegen, wie sie das am besten anstellen, entdeckt WannaBe den hellblauen Wagen seiner Tante. Sie springt sofort raus, rennt den Jungs dramatisch entgegen und zieht sie alle in eine Umarmung.

»Ich bin so froh, dass ihr zurück seid! Und dass es euch gut geht! Ich hab mir echt Mühe gegeben, nicht durchzudrehen!«, platzt sie hervor. »Macht das ja nie wieder! Das nächste Mal, wenn ihr derart in Gefahr seid, ruf ich sofort deine Mama an, WannaBe! Aber jetzt haben wir ein paar Hacker zu stellen, oder?«

»Oh ja!«, ruft WannaBe.

Die Jungs und Bobby steigen mit ins Auto und dank Marens berüchtigtem Bleifuß dauert es keine fünf Minuten, bis sie etwas abseits der Garage stehen.

»Nicht wirklich, oder? Die waren die ganze Zeit nur drei Straßen von mir entfernt?«, fragt WannaBe perplex.

»Die größten Feinde sind meistens näher, als man denkt«, antwortet Maren.

»Denkst du, die sind mitten in der Nacht wirklich da?«, fragt Olli und lässt seine Fingerknöchel knacken.

»Ja, hat mir der Vater von dem einen erzählt. Die übernachten hier in letzter Zeit jeden Tag. Aber ist ja auch logisch, wenn sie so viel damit beschäftigt sind, dir das Leben schwerzumachen, WannaBe.«

»Okay, also wie machen wirs jetzt?«, will Olli wissen.

»Wir spazieren da einfach rein, die können doch nirgendwohin. Sie werden sich ja wohl kaum einen Geheimtunnel gegraben haben«, sagt WannaBe mit einem Grinsen der Genugtuung. »Ich geh vor! Bobby, du bleibst im Auto.«

Die drei Freunde und Maren marschieren auf das Versteck der Hacker zu. Bobby hat sich inzwischen auf dem Rücksitz zusammengerollt. Er ist zwar ein wenig traurig, dass er nicht mitkommen darf, aber er vertraut darauf, dass seine Freunde zurechtkommen werden und hält ein wohl verdientes Nickerchen.

»Na, habt ihr mich schon vermisst?«, fragt der YouTuber,

als er durch das Garagentor spaziert und in drei schockierte Gesichter guckt. Die Hacker schauen, als würden sie zum ersten Mal in ihrem Leben andere Menschen sehen.

»Hats euch die Sprache verschlagen?«, fragt Olli. »Oder seid ihr Stummfische, die nie reden? Wo ist denn euer Vierter?«

»Jungs, wir wissen, was ihr getan habt! Ihr könnt entweder jetzt reden oder dieselben Fragen der Polizei beantworten«, droht ihnen Maren eiskalt.

»Du! Du bist doch diese Frau, die bei uns im Haus war!« Der Freund der Rießmann-Tochter hat sie tatsächlich erkannt.

»Stimmt. Und als du mir mit deinem schwarzen Hoodie entgegengekommen bist, hast du uns den letzten Hinweis gegeben, den wir noch brauchten.«

Bei einem der Hacker kann man im richtigen Licht schwache Sommersprossen erkennen. »Wegen dir sind wir aufgeflogen, Jan?«, fragt er wütend. »Ist nicht dein Ernst!«

»Es ist vorbei, Leute. Rückt meinen Account raus und gut ist!«

»Der ist seit ein paar Minuten schon wieder freigeschalten«, sagt jetzt der dritte Hacker zerknirscht – er ist etwas kleiner als die anderen, hat dunkle Locken und einen Ohrring. »Wir wollten den morgen zum Verkauf stellen …«

»Wo ist denn der Typ, der mich immer angerufen hat?«

»Den findet ihr nie im Leben!«, sagt der Sommersprossige.

»Und wie wir den finden! Weil ihr uns dabei helfen werdet!«, antwortet Olli sauer.

»Überlegt mal, was das für Folgen hat, wenn die Polizei kommt. Dann wissen eure Eltern Bescheid und sperren euch wahrscheinlich eine halbe Ewigkeit zu Hause ein. Und in der Schule wird sich das auch wie ein Lauffeuer verbreiten«, zählt Maren die Konsequenzen auf. WannaBe wusste gar nicht, dass sie so streng sein kann.

»Elias«, Jan schaut den Mitstreiter mit den Sommersprossen feindselig an, »Willst du Z echt noch in Schutz nehmen? Nachdem der einfach abgehauen ist und uns hier als Kanonenfutter zurückgelassen hat? Obwohl wir überhaupt nichts gemacht haben?«

»Wir haben es ihm versprochen!«

»Und er hat uns versprochen, dass wir reich werden!«

»Werden wir ja vielleicht auch noch!«

»Siehst du nicht, dass wir erwischt worden sind? Tobias, sag doch auch wa–«

»Moment, wer ist Z?«, fragt Olli entnervt dazwischen.

»Unser … Anführer. Er hat das Ganze eingefädelt«, erklärt der Dunkelhaarige. »Macht, was ihr wollt. Aber Z kann mir jetzt gestohlen bleiben. Ich hab keine Lust auf Ärger und Hausarrest bis ich 18 bin. Und schon gar nicht darauf, dass in der Schule alle über die Sache reden. Ich erzähl euch, was ihr wissen wollt!«

»Schieß los«, fordert WannaBe ihn auf.

Erst zögerlich, dann immer schneller berichtet Tobias,

was für einen Hass Z auf WannaBe schiebt, wie frustriert er ist, weil er selbst so ein schlechter Gamer ist, und dass er die ganze Zeit einfach neidisch war. Er erzählt, dass sie der ersten Karte auch gefolgt waren, sich dann aber nicht durch das Portal getraut haben. Außerdem gibt er zu, dass sie gar nicht genau wussten, ob es dort echt einen Schatz gibt, und dass sie WannaBes Account eigentlich von Anfang an verkaufen wollten. Das war auch der Grund, warum sie mitgemacht haben.

»Ihr habt das alles nur wegen der Kohle gemacht?« Julian ist so verblüfft, dass er für einen kurzen Moment vergisst, wie viel Angst er eigentlich hat.

»Na ja, nein. Wir wollten erst gar nicht. Er hat sich so in seinen Hass reingesteigert und war fast schon besessen von WannaBe. Wir wollten ihn eigentlich aufhalten. Aber dann meinte er was von wegen ›verkaufen‹ und hat uns gezeigt, wie viel der Account wert ist. Wir kommen jetzt nicht gerade aus reichen Familien. Unsere Eltern drehen jeden Euro dreimal um. Und ich trag die alten Klamotten von meinem großen Bruder, das ist so peinlich. Er hat gedroht, das alles in der Schule breitzutratschen und rumzuerzählen, wir wären arm und würden Pfandflaschen sammeln«, gesteht der Dunkelhaarige mit dem Ohrring betreten.

»Also hat er euch auch erpresst«, antwortet WannaBe.

»Ja, sozusagen.«

»Und da wolltet ihr ihn echt noch schützen?«, fragt Olli in die Runde. »Ihr spinnt doch!«

»Ich will hier niemanden decken! Ich will einfach keine Probleme bekommen. Und ich will auch nicht, dass meine

Freundin irgendwas mitkriegt! Ich wollte ihr von dem Geld mal was Schönes schenken ...«, beteuert der langhaarige Jan.

»Herzallerliebst.« Tante Maren lächelt grimmig, dann fällt ihr etwas auf. »Zett? Das ist doch kein richtiger Name. Wie ist denn der ganze?«

»Das ... Jetzt wo du fragst ... Nicht mal *das* hat er uns verraten. Er hat sich nur als Z vorgestellt und das wars dann. Für so jemanden will ich mich echt nicht mit den Bullen anlegen!«

»Kluge Entscheidung. Und wie stellt ihr euch vor, dass es weitergeht?«

»Wenn wir euch helfen, dann bleibt das unter uns?«, fragt Tobias.

»So schnell ist das nicht vom Tisch!«, sagt WannaBe. »Wisst ihr eigentlich, was wir durchgemacht haben? Dass wir nicht wussten, ob wir jemals wieder nach Hause kommen und ständig Angst haben mussten, dort zu sterben?«

»Also doch!«, ruft Julian leicht empört.

»Jetzt ja ...«, antwortet Jan zerknirscht. »Also, was noch?«

»Ihr werdet auf jeden Fall was fürs Allgemeinwohl tun! Einen Monat lang sammelt ihr jeden Tag Müll auf, auch im Wald! Und ich werde mal mit dem Bürgermeister reden. Der hat bestimmt was für euch zu tun. In der Bibliothek muss sicher mal wieder gründlich staubgewischt werden. Schöne Aufgabe, finde ich«, antwortet Tante Maren.

»Und was ist mit uns? Wir sollten auch was von der Strafe haben!«, wirft Olli ein.

»Ich hab eine Idee!«, ruft WannaBe. »Habt ihr vom Pavillon im Park gehört? Der soll als Veranstaltungsort gebaut werden, mit Grillplatz, Sitzgelegenheiten und allem drum und dran … Wir hatten uns doch so gefreut, als das in der Zeitung angekündigt wurde, Olli! Und dann hieß es, der wird erst nächstes Jahr fertig, weil Helfer fehlen. Wollen wir uns nicht alle freiwillig melden, damit wir den Pavillon dieses Jahr schon nutzen können?« WannaBe ist hellauf begeistert von seinem Einfall, während Julian immer noch ziemlich überfordert mit der Situation in der Ecke steht.

Olli hingegen setzt noch einen drauf. »Und ihr bringt am ersten Tag einen Kasten Cola für alle Helfer mit!«, fordert er die Hacker im Befehlston auf.

»Echt jetzt?« Die drei Gehilfen seufzen genervt.

»Das oder die Polizeivariante mit Hausarrest«, sagt Maren.

»Ist ja gut … Trinkt ihr lieber Coke oder Pepsi?«

# Epilog

Da hat der Idiot echt seine Follower eingeschaltet, ich fass es nicht! Niemand hätte uns drei Straßen von seinem Haus vermuten dürfen. Die besten Verstecke sind doch sonst immer in der Nähe. Ohne seine Community ist er nichts! Der Greenscreen flattert. Es gewittert. Ich niese. Also ernsthaft. Wie hätte ich denn ahnen sollen, dass die nur durch diese Hinweise auf unser Versteck kommen? Aber er musste ja seine blöde Tante mit reinziehen.

Und nicht nur die, sondern auch seine zwei Freunde und den armen Hund. Gut zu wissen, dass der keine Rücksicht auf Verluste nimmt. Dumm nur, dass seine Tante die Frau war, die so verdächtig ums Haus geschlichen ist. Das kann doch echt nicht wahr sein, dass diese drei Trottel nicht besser aufgepasst haben!

Geschieht ihnen recht, dass sie jetzt erwischt wurden. Die halten mich eh nur auf. Der eine Vollidiot hat mich sogar auffliegen lassen. Bloß gut, dass ich denen die zweite Karte nicht gezeigt hab. Die führt mich dann zum richtigen Schatz. Zu dem, der mich zum besten Fortnite-Spieler aller Zeiten macht. WannaBe, der beste Spieler … Ha, na klar. Die sollen mal alle abwarten.

Ich muss zugeben, ich hätte nicht gedacht, dass er überhaupt so lange durchhalten würde. Wäre aber sonst echt peinlich geworden, schließlich feiern ihn ja alle so hoch. Lächerlich. Es muss definitiv Platz für andere, bessere YouTuber gemacht werden. Mich zum Beispiel. Wer guckt seine dummen Videos überhaupt noch? Das ist doch jeden Tag das Gleiche. Alle sind viel zu abgelenkt von diesem Wichtigtuer und sehen gar nicht, dass es noch andere Leute gibt, die deutlich bessere Videos machen. Das geht mir so auf die Nerven. Wurde echt höchste Zeit, ihm eins auszuwischen.

Ihn wie eine Marionette steuern zu können, das war ein echt gutes Gefühl. Ich hab entscheiden, dass er den Schatz suchen muss und er hat genau das gemacht. Zum Glück hab ich in der Garage die alte Wildkamera gefunden und im Park aufgestellt. So konnten wir sehen, ob er die Karte auch wirklich findet. Und der ist er ja dann auch gefolgt, nachdem ihn mein kleines Video motiviert hat.

Aber wie blöd muss man eigentlich sein, einfach durch das Portal zu springen? Auch wenn sein hohler Freund da einfach reingefallen ist ... War klar, dass WannaBe den Helden spielen musste. Okay, er hat wieder aus der virtuellen Welt herausgefunden. Dass diese komischen glänzenden Dinger, die der Hund gefunden hat, doch wichtig waren, konnte ja niemand wissen. Wertvoll sahen die nicht aus. Wie viel Glück hatten die eigentlich? Auf dieser Welt ist doch echt gar nichts mehr fair! Am wichtigsten ist, dass er ohne einen echten Schatz zurückgekommen ist. Eine Fährte weniger, der ich jetzt noch folgen muss.

Immerhin weiß ich jetzt, dass man da drinnen selbst als Anfänger überleben kann und nicht direkt abgeknallt wird. Das heißt, durch das nächste Portal, das dann wirklich wichtig ist, geh ich selber.

Zum Glück hab ich früh genug die Biege gemacht und alles eingepackt. Die Karte ist in meiner Tasche. Feuersteine hab ich auch mal sicherheitshalber mitgenommen. Die können ja scheinbar sinnvoll sein, wie der lachhafte Streberfreund bewiesen hat. Außerdem ein bisschen Papier, falls es kein Heu für ein Feuer gibt. Taschenlampe, Laserpointer – ich muss ja eine Waffe vortäuschen können – ein paar Verbände, falls man doch mal getroffen wird. Das sollte passen.

Jetzt warte ich hier ab, bis sich die Sache wieder etwas beruhigt hat. Ich muss damit rechnen, dass sie nicht dichthalten, die Pfeifen. Trotzdem darf ich mich nicht ausruhen, sie könnten jeden Tag darauf kommen, wer ich bin. Sie zu unterschätzen – der Fehler passiert mir nicht noch mal. Wie gut, dass niemand mein neues Versteck kennt, das finden sie nie!

Bis ich losziehe, kann ich weiter an meinem glorreichen Plan arbeiten. Danach muss ich nur noch schnell das andere Portal suchen. Wie schwer kann das schon sein? Wenn ich dann später mit dem richtigen Schatz wiederkomme und sowieso der beste Gamer und beliebteste YouTuber bin, traut sich keiner mehr, mir blödzukommen!

# Geheimes Bonusvideo

NUR FÜR DICH!

Hey, super, dass du dich für mein Buch entschieden hast!
Als Dankeschön habe ich etwas ganz Besonderes für dich:
Ein exklusives Video, das du nirgendwo anders finden wirst!

Scanne den QR-Code, um es dir anzuschauen.
Viel Spaß dabei!

Bis dann,
**WannaBe**